有一种杀人的方法大家还没发现：貌似谐和的声音。

——《迷恋·咒》

Lost in
Fascination

Liu Sola

刘索拉 著

迷恋·咒

作家出版社

刘索拉 LIU SOLA

作曲家，人声表演艺术家，作家。 作为音乐家，她周游世界，曾长期居住伦敦和纽约，与各国乐队和各流派著名音乐艺术家合作，创作了大批音乐作品，其中包括影视、舞台及室内音乐。早期专集唱片包括名列英美排行榜的《蓝调在东方》（美国宝利金唱片）。她的最新音乐作品包括她本人作曲配器、编剧、导演和主演的大型室内乐歌剧《惊梦》——由（德国）现代室内乐团以及"刘索拉与朋友们"乐队联合在世界巡演。2008年她应（英国／丹麦）声乐剧院邀请而创作（编剧、作曲及配器）的为欧洲古代乐器和歌唱家演奏的新室内歌剧《自在魂》，于2009年5月在英国巴比坎艺术节首演及丹麦等国相继演出，这部歌剧是为了纪念她母亲李建彤而作。除此，近年来她投入了很多精力营造以风格特异著称的"刘索拉与朋友们"乐队。

文学作品包括长、中、短篇小说以及多部散文，大多题材和音乐有关。代表作包括著名中篇小说《你别无选择》等。文学作品被译为多种文字，其中包括日文版《你别无选择》（日本新潮社），意文版《大继家的小故事》（意大利Einaudi出版社），法文版《女贞汤》（法国Seuil出版社），英文版《混沌加哩咯楞》（夏威夷大学出版社）。

摄影：**Regine Corngold**

自序

刘索拉

"迷恋·咒"定为本书名,要感谢作家出版社的两位责任编辑汉睿、朱燕共同献策。"迷恋"这个词来自英文词fascination,而我这整部小说是受到fascination一词的启发而写成。根据我对fascination的理解,除了译成"迷恋",找不到更合适的词了。fascination,直接的翻译是:对某事某人不可遏制不可掩饰的兴趣,古代拉丁语的意思是被施巫术了。简言之,就是有针对性的自high。所以,"迷恋·咒"连在一起读,也解了原拉丁词之意:迷恋咒。

当人不可遏制地被某类事或人吸引,如同被诅咒般不可摆脱,这就是把自己放在了天堂和地狱之间的秋千上,一忽悠上天又一忽悠落地,命运起伏,凡非要为此情结献身拼命者都属于这类。迷恋的情结使人好了伤疤忘了疼,不断把自己打入地狱,还觉得是在天堂里。我们大多数人在这个世界上活了一遭,都难免会受到此种诅咒,但也可以把这诅咒叫做命运的关爱吧,因为在迷恋中也是很舒服的。比如爱酒者,想到酒就眉开眼笑;爱画者,睁眼闭眼都忍不住构图;爱他人胜己者,一想不开就要殉情等等。旁观者看着一个中了"迷恋咒"的人，千万不能拦着，那人哪怕是在下油锅，面部表情也是幸福的，你拦着就可能毁了一个人一生选择的幸福。但"迷恋"和"迷惑"不是一回事：被迷惑的人常常会醒来；但去迷恋的人是自我决定的，不会醒来也不愿醒来，没有这个幸福的"孽障"，我们似乎就会失去很多人生享受和智慧。

这是个由一堆城市噪音组成的瞎编故事，能读出一二者，恭喜；读不出一二者，我献上一段美国动作喜剧片中的台词把你再给绕糊涂点儿：我不知道我是个什么鸟人但我通过扮演个什么鸟人来假装知道我是个什么鸟人……

然后你就合上书。

2010年10月25日　北京

迷恋·咒
LOST IN
FASCINATION

①

第 一 章

爱情的智慧和智慧的智慧不是一种智慧。

1.

这是二十世纪九十年代的曼哈顿。

警车，创作了这个城市的音乐。欲望，是这个城市舞蹈的起源。

音音走在曼哈顿下城的街道上，排练完，不想搭车，喜欢听街上的噪音，看人们匆忙的脚步，幻想听不到的音乐。

音音常常从曼哈顿下城徒步走回曼哈顿中城。曼哈顿的大部分街道以数字命名，没有任何意义和故事，非常好记，且直来直去，看上去毫无神秘感，远不如北京那些曲里拐弯的胡同诱人。这个城市没历史，倒不等于没文化，连人们走路的脚步节奏，都充满了内容和故事。看人们的步伐，会想到纽约处处在演奏着的那些动人的爵士乐，勃勃生命，在目的与茫然之间飞快地移动。这些充满生机的脚步程序，终点都不一致，但是移动本身成了一种生命的价值。

无论是从穷国还是富国来的移民，都能从曼哈顿的脏乱中找到意外的惊喜，脚下踩着的，头上飞着的，所有的垃圾都可能是某天突然被发现的哲理。

　　下城，不仅吃穿尽有，是移民的天堂，水渠街(Canal Street)上更是人山人海，真如同一条充满欲望的水渠，欲望之水哗哗一直涌向上城，前景刺眼，连垃圾都象征着筋疲力尽的故事。

　　音音边走边下意识地用手指在大腿上敲——这是钢琴演奏者的毛病，看着周围的人和事，手指不受大脑支配地在大腿上飞快弹奏，仿佛已经有了新的音乐被记载在手指尖上，记载在微尘飞扬的裤子和手指之间。

　　音音这种音乐家，好心情和坏心情能随时在身上涌现。如同左手和右手任意在键盘上按出互相抵抗的音色；又如同瞬间转换的音响和能量的色彩。在台上，她属于那种能给观众带来种种惊讶的表演者，但是在生活中，每天荡秋千似的情绪使她自己暗暗发疯，饱受折磨。所以她每次排练完要独自走段路，在告别合作伙伴之后，于回家见到男朋友之前，需要一个人喘口气儿。看着垃圾飞扬，看着小广告顺着风在人头上打转儿，看着要落下的太阳，无缘无故地伤感一会儿。

　　任何事情都能引她哭或笑，除了哭笑，别的情绪似乎很难留在她的记忆里。她看着街景和行人，看着垃圾，看着路边的窗户，感叹自己的音乐永远不能真正调侃和嘲笑"美丽"人生，手下的音符无法准确描绘出那些挂着昂贵窗帘的窗户里的事，那些人类生活中的盘算，那些生计和欲望的实现，那些人生最实际的开始和结束，等等。在正常的社会生活中，语言显得比音乐诚实多了；而音乐除了能把人从现实中拉出来，还会使所有的虚伪都变为美丽、屠杀变为烈举，无论结局是多么荒谬，音乐家们仍旧理直气壮地演奏着。

我手下的音符等于什么？她开始觉得压抑，再想想，也可能不是因为音乐的荒谬，而是因为她快要结婚了。

她边走路边左顾右盼，这样可以分解苦思冥想。

迎面走过来一个年轻女人，戴着耳机，让音乐领着她活在持续的梦想里。

前面一个中年妇女穿着超短裙匆匆疾走，开始松弛的大腿暴露无遗，欲望仍旧使她保持着自信的昂首阔步——一条大腿渴望迈进上城，另一条大腿渴望吸引下城。

街旁古董店画像中的女人们由于被观者抽象地爱着而愁眉苦脸；现实中的女人们则被爱情的具体内容牵着满街乱窜。

然后她低头走路回忆刚才排练的情景：

《生命树》是她最新创作的作品，塞澳是她请来的舞蹈家。她用钢琴演奏和塞澳的舞蹈表演来表现生命中的未知。这是音音永远迷恋的内容，生命和灵魂的距离。

塞澳边舞蹈边朗诵音音写的文字：生命是，一棵树。

他边舞边说，身体如同古代埃及的神像，舞蹈动作如同神像复活。

他继续朗诵：皮肤渴求着爱人的抚摸，脉络渴求着震颤。

他伸展着黝黑修长的四肢。

音音边演奏也边朗诵：我看到脉络的河流，缠来绕去。

塞澳：如果没有爱情，它们就会塌陷。

音音：忧郁使神经结成血网。

塞澳：岁月，使血管干枯。

音音：生命由互相没有关系的和声组成，智慧是最不谐和的音程。

她加快了演奏，塞澳的动作马上跟上来，没有任何节奏障碍。

然后音音停了：真奇怪，怎么你第一个动作就是我想看到的舞蹈？

塞澳也停下来：没办法呀，我们命里注定就是要合作的。上帝把我送给你了。

音音没说话，接着弹琴；塞澳又抖动起浑身的肌肉，接着舞蹈。

排练结束，告别的时候，塞澳拉起音音的手背，嘴唇在那手背上逗留了一下如同一个小滑音。

这么一个小滑音使音音在很久之后还能觉得那手背跟身体别的部位比起来有点儿优越了。

2.

音音到家了。她最近有了个新家，和男朋友艾德订了婚，合租了中城的一套优雅公寓。

这就叫爱情、叫生活，她打开家门，叫一声正在写作的未婚夫：嘿!

里面有人应了一声：嘿!

这就叫搭帮过日子，走到艾德身边，互相轻轻碰碰嘴唇，然后音音到厨房的餐桌前去吃东西。厨房里木制的餐桌上常搁着咖啡、面包、饼干和奶酪，看出住在这里的人随时都在吃喝。

艾德也走过来：今天你过得怎么样?

音音：《生命树》的项目开始了，新请的舞蹈家真的很懂我的主题，真是请对人了。

艾德：是个什么人? 叫什么?

音音：塞澳，是个混血，个子高大细长。

艾德：啊，有意思，肯定是个好看的人。

音音：很好看。

音音微笑：这下你有对手了。

艾德：哈，没有人是我的对手。

艾德得意地笑：我得接着去写书了，刚到最紧张的时候，不写出来就忘了谋杀顺序了。

他站起来，拿着一块奶酪走了。

音音嗯了一声，接着喝茶。

坐在开放式的厨房餐桌旁，可以看见整套公寓的全景。

进门，客厅里挂着音音从父亲那里得到的中国古代山水画。一架大三角钢琴摆在客厅的一角，钢琴边挤着一架竖琴是音音从旧货摊上买来的，竖琴旁的木制矮琴桌上放的是一架中国古琴。

这就是音音的全部自我世界，被琴遮掩着。在客厅的另一半，是整墙的书架，上面摆满各种书和小古董，显然是艾德的天地。书架前是个精致的欧式皮面书桌，那是艾德和三角钢琴对峙的自我体现。只有在睡房里，看到他们的共同世界——地上铺着厚厚的Futon褥子，两个人谁都不会去叠被子和毛毯，为了每天滚进那里摸索未来。

除了一块儿睡觉，能看出这两个人想方设法地在爱情誓言之下分隔着自己的世界。不仅客厅以完全不同的风格摆设，两间浴室也被分为男女专用，小号的客厅浴室里整齐地摆着男用香水和剃须皂，是艾德用的；在那间连接着卧室的大浴室里，五花八门，到处都是香膏油脂卫生用品等等，一个古董沙发上永远乱放着丝绸浴衣和各种内衣，艾德晚上撒尿也得出去到客厅里那间浴室去。

音音喝着很平淡的奶红茶，离开中国太久，喝绿茶的习惯已经不再重要，并且，奶红茶有镇静的功能。

所有的恋情最初，都比既定终身后更精彩。艾德和音音是在驾车横穿美国时订的婚。他们在没有任何地图的情况下开车横穿了美国大陆，这种愚昧的热情只有恋人或者移民有，当时他们同时符合这两项标准。在旅程中，性迷恋主宰了全程，性器官代替了脑仁子，两个人的智商都转移到了两腿之间。

艾德赞美音音是世界上最性感的女人，显然这种头脑发昏的赞美最终留住了音音，他用裁缝做手工般的细腻征服了音音对生命感官体验的迷恋。在他写作的谋杀小说中，所有男主角最后都是女性的谋杀者，但是在他和音音的实际关系中，他发誓甘愿被音音宰割。音音没有故意和艾德为难，只不过她对生活的追求仅仅在于对神经震颤的迷恋。

音乐之所以对她来说和生命同等重要，不是意义，而是那种震颤着的声波频率。音乐激起的神经震颤，任何语言无法代替。所以她选择演奏，而不选择思想。

她的思想方法就是顺着自己手指的欲望在键盘上无目的地演奏，

放弃所有音乐准则，只想着十个手指是整个身心的出口，让手自然地在键盘上任意跑过，轻重缓急，手都会从容处理。这种随便的即兴，有点儿像手指的肌肉放松运动，又像是一种心理和思想上的放松过程，她用声音给自己的脑子按摩。

音乐家得天独厚的享受就是可以用音乐为自己设计各种游戏，种种思想或感情的游戏最后都可以用音乐作品的形式出现，真正的想法掩藏在声音之中，只有同行可能从声音中判断出来。

但是爱情的力量往往能使音乐家暂时放弃隐秘的游戏，当音音和艾德第一次接吻时，她觉得生活中美妙的声音处处作响，相比之下，用钢琴演奏的现代音乐游戏突然变成了生硬的哲学书。爱情的喘息和呻吟胜过所有音响游戏，兴奋使平庸的爱情歌曲竟然变得入耳，连超市里的音乐都充满温馨，那时候音音居然整天沉浸在浪漫主义的美好旋律里不愿出来。

但是，最最美好的人生瞬间终究会引人进入到常规中，比如每天早晨闻到同样的煎鸡蛋味儿。为了给自己一些变化，音音又躲回到钢琴音乐游戏中。

3.

音音站起来，走到钢琴前坐下，开始自由演奏，想像自己在舞蹈。

想像自己在和一个男人跳探戈。每一个动作都引向新的诱惑，男女双方的眼睛同时冒着火要把对方吃了似的，像所有电影上的情节。男人在舞步中变出种种花招，女人在动作中现出千媚百态，两个人时而扮演一见钟情生不离死不别的情人，时而互为性欲挑逗者，爱情随时发生，眼光闪耀，每一步伐都必须激起对方更多的热情，稍显平庸，对方的眼睛就要开始看别处了，对方的脑子就开始想换舞伴了……这是电影上不经常说到的。

电影或者舞台上那些跳探戈的场面，诱惑着人们跳进舞池，但是没多说那些尴尬的真相。舞跳得好的人，喜欢的是变化多端的伴侣，而最怕拖着一个步伐简单的搭档，还要满脸微笑着坚持到底。也怕对方把自己搂得太紧，如同戴着枷锁游戏，乐趣成了苦役。舞步要随时有挑战性的变化，舞者要无比的灵活，永远如同是在爱情中。

爱情是舞蹈，婚姻就是苦役，它最好的一面就是可以远离兴奋而呼呼大睡。

音音有点儿不甘心就这么走出舞场。

坐在钢琴远处，屋子另一个角落的艾德，从音音的琴声中能听出她的混乱。音音总以为艾德的沉默和深情是由于爱情智商下降的缘故，其实，艾德坐在他自己的书桌前，听着钢琴的纷乱声音，脑子里在走着自己的舞步。

他来自一个传统混杂的家族，祖上的联姻可以从英格兰追溯到山东，再从山东追溯到俄罗斯，最后在苏格兰生出了他。所以他对所有的事情都必须找到自己的一个角度来思想，否则他本人无法站在任何一种纯粹的文化和社会角度来作出判断。他身上有太多的血统，但显然那个山东祖奶奶的遗传基因最强，使他长着一双和大鼻子非常不相称的丹凤眼。

他对音音不仅仅是简单的爱情，而是迷恋，音音所有的一切，对于他来说都成了他人生意义的重大部分。包括音音完全没章法的生活方式，由于在不同社会制度下受到的教育而扭曲了的文化背景等等。音音是在中国二十世纪六十年代末"文革"时期出生的人，童年的生活动荡使她的生存意识中混合了巨大的精神追求，重视生命趣味大于生存条件，愿意更相信感觉，却不奢望安逸。音音多变的想法和情绪往往出乎艾德意料，比他精心构思的荒谬小说人物还没道理，比如最使他不能接受的是，音音爱上他的原因不是因为他的获奖谋杀小说，也不是他醉心研究的迷恋学说，而是他的情欲。照音音的说法，艾德不过就是她的一个理想性对象。

艾德把自己的情欲归于迷恋最高境界的反映，而不是普通的肉欲。他对情欲迷恋有很高的追求，总是在找一个他灵魂中可以永恒迷恋的对象，一个他不能用社会准则和学术准则解释的女人，一种他自己无法解释的缠绕，这种追求可以把他长期放在一种布局人的境界，永远可以有所观察和找到不同的解释，又永远陷入无法解释和再试图解释的心态等等。他除了在小说中布局谋杀场面，在生活中也喜欢给自己布局。

他边听着音音练琴，边写：

哲学的力量是否能够战胜爱情？如果哲学可以代替爱情，人类精神生活是否更有希望？

爱情实际上是毒品，它使训练有素的哲学家完全放弃逻辑，投降于情欲。

但是这毒品是最难戒掉的，很多人以为一生的要求就是一次最真诚无私的爱，一次爱就可以得到世界上全部的真理。

我是不是一个爱情瘾君子？哪怕从爱情中不能得到任何真理，哪怕最后的结果就是失望。

　　古代哲学家一直在探索爱情和真理的差别，爱情和真理有天地之别，爱情本身是激素而不是真理。它使最聪明的人分泌出智慧的能量，但同时用能量的兴奋磁场杀死理性，抹掉智慧。

　　爱情，就像是治疗哮喘病的喷雾剂，喷上一次，喘气就畅快；爱情，是最好的清晨浓雾，遮盖了所有的思想细节；爱情，是最好的消炎药，杀死多余的脑细胞就能延长人的寿命；爱情，必须是侵蚀灵魂的，否则，就是合作关系。

　　智慧是所有男人探索的最高境界，但智慧如果没有生命的支持就会停止发展，没有生命的智慧会成为一种偏见，生命智慧的一大来源就是爱情。

　　多么矛盾的逻辑。

　　因为，爱情的智慧和智慧的智慧不是一种智慧。

　　让我死于愚昧吧。

4.

当这两个人情绪都下降的时候，他们各自开始思想这个关系的意义，自以为与众不同；但当他俩情绪都上升时，他们和所有情人的趣味是一样庸俗的。早晨起来，音音坐在床上吃着艾德给她准备的早餐，自己满意地哼哼着：美丽男人，温暖早晨，滚热咖啡，鸡蛋火腿，吃吃吃，嘣嘣喊嚓嚓嘣，这就叫人生。

一边哼哼她一边心里想：难怪我不会唱歌，只能弹琴，听听我说出来的话简直是庸俗不堪！

对将要面对的婚姻，艾德格外认真。他和父母谈好，要在曼哈顿买一所公寓。所以早晨是艾德在报纸上找房子广告的时间。

边吃早饭，边看房子广告。边看广告，艾德边会说：如果买一所这么大的房子，够吗？

然后他自己回答：……不够，现在你练琴的时候，我就得听着，不能集中。我得有一个房间可以关门的。……你够吗？只有客厅没有书房哪成？你需要一间书房。……一间书房给我，一间大客厅供你练琴，两间浴室，一间睡房。我们要找两室一厅带两间浴室的公寓。在哪个地区好？……

音音吃完早饭，也不答理艾德的问话，走到钢琴旁，开始瞎弹，边弹边嘲讽地怪声怪气地唱：艾德——音音，爱情的最高体现就是结婚和房子，香槟酒和猪蹄子……

哐！音音用双手在钢琴上一按，开始演奏她最拿手的无调性自由即兴音乐，说：平淡的一天随着太阳到来，对付平淡，只有混乱。

然后满屋都是她弹出来的噪音。

艾德没理她，走到自己的书桌前去开始看书。

吃饱喝足了，不出去排练演出，音音开始给生活找茬儿。她在钢琴上弹奏出一连串的尖锐音响，模仿着德国现代歌剧的风格叫喊着：枷锁使人安全，安全之外就是自由，死刑使自由增长魅力，激情使诱惑失望，婚姻使失望保险，爱情之船无桨，欢迎呕吐晕船，抛锚上岸，投靠平庸吧。

艾德点燃烟斗假装什么都没听见。音音走到他身边，突然冲着他耳朵大叫一声：你高兴吗？

艾德的烟斗从嘴上掉下来：你能让我集中吗？我在看书。

音音：我们在一起这么高兴，你怎么可能精力集中？我在弹琴，你不觉得吵吗？

艾德笑：比你说话强。

音音：那我今天就光说话了，看你到底能听我说多长时间话！你不是要一辈子和我在一起吗？你得听我说一辈子的话呢。

艾德：你干吗要在我最放松舒服的时候考验我？

他又回去抽着烟斗看书。

他是在看一本谋杀心理学的书，有时候被音音逼急了，艾德真想把她放进小说里，由他的小说主人公来整治她，说不定她有足够的资格可以气得凶手来回地谋杀她一百多次。但是在现实生活中，他太爱她了，不仅发誓这世上的女人从此不屑一顾，也发誓要和音音白头到老。这誓言的起源就在于音音从来没有给过他任何安全感，只是不停地在挑战他的感情智商。尽管他俩每天会互相羡慕和鄙视无数次，但是艾德坚信自己就是太阳、光明和智慧的象征，没有音音这么一个阴云飘绕的满月，他自己还形不成一个世界呢。

中午，两个人出去吃三明治，坐在咖啡店里边吃边聊。

音音：你将要是我终身伴侣了，中国老一辈叫亲密战友，就是最亲密的占有。

艾德看着她，等她下句。

音音：但是现在你怎么变了？

艾德：你又来了。

音音：听着，战友（占有），我脱下你外衣的时候，你能不能多看看我，别老盯着电视？别老盯着你的书本，别老欣赏你的椅子，别老欣赏你的台灯，你多看看我？

艾德：我现在就在看着你呀。

音音：昨天晚上，你抱着我的时候眼睛是看着墙，你说墙上的画挂歪了。以前你不会看到任何人任何事，以前你眼中只有我，怎么现在你抱着我还能在考虑室内装潢？

艾德：画确实是歪了。

音音：咱们这么快就成合作伙伴了，把这件事做完，再把那件事做完，然后一块儿吃，一块儿看电视，一块儿累。

艾德：多好呀！

音音：我宁可听一些肉麻的谁都不信的酸话，让你多抱我一会儿，让我觉得你还像当年一样浪漫，我就不怕结婚了。

艾德：那我真做不到了，我们应该做更复杂的游戏了。

音音：游戏？那是我的特长。我只喜欢你最放松的时候，跟着我发昏的时候，永远跟着我发昏吧。我不愿意让你回到你自己的世界里去，那里只有迷恋后的谋杀理论。比如我就希望我们还能像以前那样什么都不干，在床上让你吹捧我一天。

艾德：我随时都在吹捧你。走吧，我吃饱了。

音音：我还没说完呢。

艾德：这些傻话都不应该是你说的，你不说话吧，回家弹琴去。你弹琴的时候是最性感的。

音音：噢，去你妈的。

艾德凑过来亲亲音音的脸。

音音：今天晚上，咱们早点儿睡觉，不许计划新的谋杀情节了。

艾德：好。

音音：也不许抱着我的时候想谋杀案。

艾德：当然。

这是很平常的一天，晚饭在家里吃羊肉火锅喝红酒。火锅不用做饭技术，把足够的生肉生菜准备好，调料备足，就坐在火锅前边涮边吃，边吃边聊。

艾德在涮肉的时候特别仔细，他喜欢看着自己放进去的肉，生怕肉跟着开水的滚动游走。他的眼睛盯着刚放进开水中开始翻滚的肉片，然后飞快用筷子夹起来，放进自己的调料里蘸蘸，很文雅地放进嘴里，慢慢品尝。

正沉醉于肉中，突然听到耳边音音的问话：你说，男人的天性就是狩猎吗？

艾德没有马上回答，等嘴里的肉全吃完咽下，才说：你怎么想起问这个？下面是不是要问这头羊是不是我猎的？

音音笑：我是想起来，你曾经说，你一辈子最喜欢的游戏就是爱情游戏，最喜欢的就是狩猎女人和思想。但是现在我和你住在一起，发现你既不游戏又不狩猎，全是吹牛。

艾德：这不好吗？我全部的游戏都在小说里了，你就不用担心我变心了。

他说这话的时候眼睛是盯在一叠很红嫩的薄肉片上，然后准确地用筷子夹起三片，扔进火锅里，看着它们翻滚几下，夹起来，放进自己的调料碗，慢慢搅拌。然后，很小口地吃。

虽然艾德是从英国私立学校和美国哈佛大学毕业的，但自从和音音在一起，他觉得这辈子所有受的精英训练和风度似乎都可以放弃了，唯一的痕迹就剩下了咀嚼食品时的文雅。

音音：你为什么停止？

艾德：我满足了，跟你在一起我很满足，所以我的优点就全萎缩了。猎人不练习狩猎就不会狩猎了。

他面露狡猾地笑。

音音：真可惜。

她边问最浪漫的问题，边把一大筷子的羊肉夹起来放进火锅，然后把一大筷子熟了的羊肉夹出来放进调料碗，大口吃着，又喝一大口葡萄酒。

艾德笑：你吃起来像个男的，我等于猎到了一个男人。

音音笑：住嘴。

艾德：你说我怎么可能爱上别的女人？如果我最终最爱的是一个完全不当女人的女人，我怎么可能爱上别的当女人的女人？

音音：我是不是把你毁了？你这么个对西方古典现代文学门儿清的人，本来是要在花前月下与女人们颓废成一团的人，一个被女性粉丝们包围的小说家，让她们赞美你的魅力、你的服饰、你的教养、你的与众不同……

音音边说边做很夸张的姿势。

艾德：全没用上，全没用上。不是说了吗？我一生所有的教养都没用了，不知道为什么，玩儿着玩儿着，我就变成了你的粉丝！

音音：你真会说话，哪个男人不留恋被仰视的角度？

艾德：我很怕那些仰视的目光。

他做了一个打寒噤的姿势。

音音：那我仰视你。

艾德：你永远不会，因为你没有一个高攀男人的目的。很多假装淑女的女人，是最可怕的，我喜欢像你这么大块吃肉大碗喝酒的女人。

音音用勾引的口气：除了不是女人之外，我还有什么好处？

艾德喝下酒：我等了一辈子，就是要找一个能和我游戏人生的人……

但是……

音音等着下一句。

艾德：但是等我找到了这个人，我不会玩儿了。

音音噗嗤笑出来。

艾德有点儿醉：我傻逼了，什么都不会了。

这句话他说的是中文。

音音凑过来亲他的脸。

艾德：音音，我都不知道为什么我要这么和你死磕到底，我知道自从我和你在一起，我变成了那种以前我最烦的保守男人，忠诚男人，难以忍受的古典浪漫主义绅士。我变得很庸俗，我想和你过庸俗日子，只有你可以让这种庸俗的日子变成另外一种庸俗的日子。

他为了自己还能讽刺而微笑着：我成了你的妈妈，一般来说是女人在安定之后变成妈妈，我怎么变成了你的妈妈？

他显然是喝醉了，接着说：我他妈的不懂，艄你这种女人比男人的猎奇心还强，你其实可以猎奇一生。将来你老了，可能比我还有后劲儿，你的猎奇心像动物一样。

音音：你这么一提醒，我倒觉得那些拼命要孩子和家庭的女人也是另外一种猎奇。因为孩子给她们带来的是全新的生活体验吧。

艾德：所以，聪明的男人就应该哄着女人生孩子？男人以为女人没孩子能对他的感情更专一，看来那是不可能的吧？女人可能永远对任何事都不会满足，这是女人的悲剧。看来男人的聪明行为就是看书和研究……爱情经文。

他有点儿语无伦次。

音音：别忘了，猎奇和感情游戏不是男人的专利。男人不见得永远是游戏的得胜者。

艾德：我不想再说这个话题了，本来这是一顿非常轻松的晚饭。

他像一个喝醉了的男孩儿：别打扫残局了，我们去睡房吧。

他凑过去亲音音。

音音用嘴咬住艾德的嘴唇：我允许你用我的浴室。

两个人搂抱着滚进睡房地铺，又一同赤裸裸地滚进浴缸，然后又一同湿淋淋地从浴缸滚回地铺，在这个温暖的角落里，翻天覆地，停止思想。

两个小时后，室内一片静寂，只剩下呼吸声。两个人搂抱着，呼吸交融。但是夜晚的光线揭发出在Futon两边的墙上，有不同的印迹，像是墙纸开始发旧，细看，他们各自的那面墙纸的变化是完全不同的，只有空气在轻轻揭示，当他们背对背睡觉的时候，他们的呼吸产生出来的振动频率是多么的不同。

一天结束了。

5.

　　纽约，永远的不夜城，到处是音乐会。音音收到下城一个有名小剧场的请柬，去参加一个刚来纽约的歌手演唱会。歌手是从法国来的中国女人，她的名字叫婵。

　　婵穿着大红的、受日本和服影响的设计时装，脸色苍白，头发漆黑，嘴唇涂得血红，站在台中央，身后只有黑暗。她几乎不会笑，如同鬼魂一般用忧郁的眼光冷冷地看着观众，发出很小的声音，开始唱歌。那歌声很奇怪，没有很多的变化，如同模糊的黑白照片，勾引着人进入到一种昏然的境界，似乎是来自地狱的勾魂声。观众屏住呼吸，等待着更多的音乐发生，很长时间以后，还是没有任何更复杂的音乐出现，也没有更多的音响变化，即便如此，人们还是在耐心地坐着，等待。她的歌声渐渐引导着人们走向一种冷漠的境界，渐渐让人忘了期盼，只是跟着那简单的声音，愣愣地坐在台下，准备接受任何结果。音乐会的时间不短，但是大家都坐着不动，好像被抽掉了魂魄。也许大家都在等一个最后的惊人高潮，也许大家只是被台上歌手的美丽神秘感给迷住了。总之，音乐会全结束了，没有出现过任何高潮，开头和结尾基本上没有大的不同，中间也没有过大的变化，婵如同鬼魂一样在台上呻吟了两个小时，幕就闭了，但是大家似乎还在等待，直到灯亮，才反应过来，音乐会完了。人们如梦初醒，非但没觉得吃亏，还觉得大开眼界，大声叫好鼓掌。掌声不断，都不知道为什么观众如此兴奋，似乎掌声就是音乐会的高潮。但是婵再也没走出来谢幕。

　　到底是法国来的，音音想。这要是我的音乐会，还不得紧着鞠躬，紧着谢观众？这两个小时的音乐会，我们得想多少法子奏出来多少次高潮呀？得使多大的劲儿把纽约的观众引进疯狂的境地？但是她，不动声色，站在那里，哼哼唧唧两个小时，观众居然也没动，没退场的，似乎已经被她下毒麻翻了，全傻了。一场音乐会里基本上没有任何兴奋点，还居然把观众全都按住了。这是一种什么样的气场？是不是在空气里下药了？她肯定不是北京人，北京人肯定不能在台上装神秘两个小时，自己还不被自己给憋死？音音一边佩服一边找理由挑刺。

　　灯亮后，婵成了全场观众的一个谜。对于音音，她更是一个谜。她和艾德走向后台时，满脑子都是婵的样子和她的声音。那是一种什么样的能量？能让所有的人都直瞪瞪地等待和无缘故地沉醉？什么样的能量？

在后台，他们有机会和婵见面。她换了黑色的衣服，卸了妆的脸仍旧是苍白的。

音音：祝贺，我们全都被你诱惑了。

艾德：祝贺你！我叫艾德，这是我的女朋友音音，她是钢琴家。

婵看着他俩，眼睛很黑，睫毛抖动了一下，然后停了几秒说：谢谢，我知道你们。主办的人特别告诉我你们会来。谢谢你们来，希望你们不觉得浪费了时间。

音音微笑：怎么可能？这种诱惑，谁能抵抗？

婵：真的不是我的诱惑，是时间没动。

一时，音音不知道怎么接这句话了，有点儿太玄了。

艾德：总之，这是个非常神秘的夜晚。再次祝贺！音音，我们该回家了。

音音马上说：好。

她转向婵：我们先走了，很多人等着和你见面。再次祝贺你！

婵：希望将来听你的演奏。

音音：好，主办人知道我的电话。

婵：我听过你的演奏录音，但是今天能见到你，真好。为什么你的唱片上没有你的照片？

音音：我的样子和我的音乐太不谐调了。

婵终于有了笑嘴，牙齿很小。

音音：我们保持联系。再见！

婵主动过来给音音一个法国式拥抱——亲吻三次，左右左。

音音和艾德走出剧场。

艾德：我的天，真造作！我都听不下去了，你还挺能接话的。

音音：没什么，我觉得她的音乐会太好了，我完全不明白她怎么能把我们都勾住的？

艾德：很简单。你坐在那里不能相信这种声音真的能继续下去，但真的就继续下去了，还继续了两个小时！你就干脆忍了。

音音：胡说，人们鼓掌声多热烈。

艾德：那意思是可算解放了！

他说完自己也笑。

音音眼睛斜着他：你也太恶毒了。

艾德：她太懂得怎么包装自己了，这也是一种魅力。站在那里像个鬼，所有的细节都非常漂亮。我必须说，她出奇的漂亮。

音音：少见的有风格。

艾德：非常法国。时尚，懒洋洋的，傲慢，神秘，很法国。这是我奇怪的事情，她的法文也并不好。

音音：不像我，我真是中国和美国的结合，每次演出都把命搭上了。但我不觉得她这仅仅是法国人的风格。她有一种磁场，不是人类的。

艾德：那就是法国人的做作，故弄玄虚。

音音：你这是偏见。我觉得她的歌声中有种死亡的力量，好像在把人勾到深渊里，还挺舒服。啊，结束了，觉得生活更好了。那种压抑，也许是我们所有人都需要的。

艾德：你真是被她迷住了。

音音：她是我这辈子见到的最神秘的女人！尽管她身上有造作的表现，她说话的方式完全和我的语言审美相反，但是为什么这些弱点在她身上一集中就反而都成了一种风格？造作到了极致，就成了风格了，反而不是所有人都能学来的了。

艾德开始心不在焉。叫了出租车，二人上车，在车上艾德打起盹来。

到家，进了门，艾德直冲卧室，飞快脱掉衣服要睡觉。

音音跟进来，还是要说：我真长见识，还是觉得不可思议。

艾德：你太单纯了，可能从来没见过这种女人，我见这样的见多了。包装得像个娃娃，颓废的气息，让人一看就想上床。其实上完床，也没什么可说的。

音音：你这个混蛋，她绝对不是一个普通的女人，她不简单，非常神秘。

艾德：人要把自己搞成神秘形象，多数是因为没有什么内容，除了让你觉得她神秘，一旦揭开神秘外衣，发现真的是什么都没有。所以神秘可能是最有欺骗性的。

音音：但是她的声音，她控制声音的能力，明明可以撩拨人心的时刻她还是那么沉静，她撩拨人的做法是用深沉宁静的诱惑，而不是激昂的，能够让我们所有人都不觉得厌倦，这就是最大的魅力。

艾德：我不能说服你，但是我必须说，这样的女人在欧洲是很多的，只有在中国少见。更准确地说，在中国，可能只有在你的朋友圈里少见，因为你们虽然经历很多，但是又因为受过的教育觉得没有必要隐瞒什么。

音音：我不管欧洲，我觉得我在我的一生中没见过这种人。她身上的东西，我不知道是什么，反正纽约人没有，法国人有没有我不知道。对我来说是非常有吸引力的。

艾德：你慢慢琢磨吧，我放弃争执。我困死了。

他们背对背地睡了。音音看着自己这面墙的墙纸。

6.

音音和艾德的爱情世界如同所有恋人，体力致幻是常事。情欲，人类最基本的脑力和体力运动的结合，两个人在几个小时之内净顾着享受高潮，所有现实中经历过的人和事都变得遥远起来，接下来只剩下呼呼大睡的力气，思想？感觉？时间？地点？

但现在连情欲都不能堵上艾德关于房子的话题。

刚从体力致幻里出来，两个人还是气喘吁吁的，艾德已经开始问：你到底想要多大的房子？

音音哈哈大笑：真浪漫！

艾德：这卧室太小了，我们的嘴巴都可以贴到墙纸上了。

音音：我觉得够了。

艾德：当然不够，现在你练琴的时候，我就得听着，不能集中。我得有一个房间可以关门。

音音：成。

艾德：只有客厅没有书房哪成？你需要一间书房。

音音：我不看书，我就是需要一个房间练琴，一间浴室洗澡，一间睡房做爱。

艾德：你要得倒不少。一间书房给我，一间大客厅供你练琴，两间浴室，一间睡房。我们要找两室一厅带两间浴室的公寓。你觉得哪个地区好？

音音已经睡着了。

艾德一个人还在想。他毕竟是个受欧洲传统教育出来的绅士，他得负责未来家庭的一切。一个绅士的家不仅要有自己独立的空间，也要给妻子独立的空间。音音要是将来在客厅练琴，并不是理想的安排，音音应该有自己的琴房，这就又多了一个房间，成了三室一厅了，又贵了。再说地段是最重要的，住在东区上城太势利眼，对于他们这种自由职业者是太大的压力，还显得像暴发户；在下城的格林威治村是最理想的，但是越来越贵；中城？厂房住宅都在商业区里，没有很好的便利店；戈蓝梅西公园附近很好看，但老的住户绝对不会移动，没有房子；音音的朋友们更喜欢在哪个地区聚会？也许为了将来的孩子，应该住得靠近中央公园？越往上走对音音的排练越不方便，但是万一有了孩子会喜欢……

也许应该问一下父母，多少钱的房子最合适？如果价钱合适，他自己就可以付了底金，然后他们两个人一起交贷款。但如果房子是在好的地区，面积大，就很贵，他尽管在小说上很成功，但用一大笔现金来买曼哈顿的房子，还是吃力，不如跟父母要？他不顾一切跑到曼哈顿和音音在一起，已经伤了想要留他在苏格兰的父母心，虽然最后他们能理解曼哈顿是所有年轻人的理想之地，但是他们还没见过这个让宝贝儿子发疯的未来儿媳妇，在没见过之前就出钱买房子？……所有艾德的计划又回到了原地……

想到此，艾德睡着了。

音音在半夜被电话叫醒，是婵打来的。

婵：是我，我是婵。你睡了吗？

音音：我又醒了，没事，你说。

婵：没什么事，很高兴认识你。

音音：我也是。

婵：等你有时间，你来我家坐。

音音：好。

婵：我很想听你弹钢琴，我听过你的唱片，非常特殊的音乐。

音音：好。

婵：还想听你说你的最新作品。

音音：我正想找人说，太好了。

婵：我没事，就是很高兴认识你。

音音：好，明天我给你电话。

婵：我等你电话。

音音挂上电话，彻底醒了。她从床上爬起来，去餐桌前戴着耳机听音乐，进入她自己的幻觉世界。艾德因为噩梦开始惊叫，她也没听见。

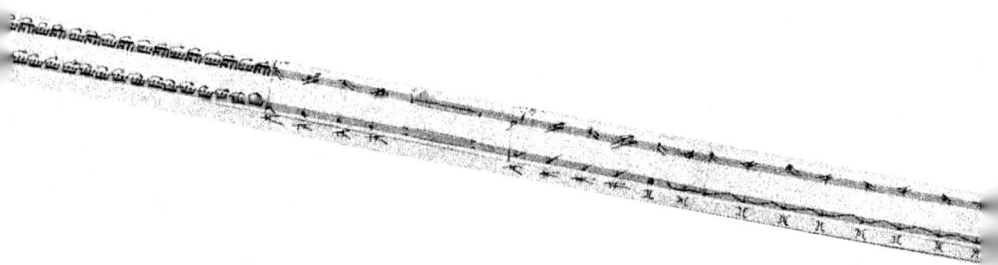

迷恋·咒
LOST IN
FASCINATION

②

第 二 章

人们的相互吸引多么美好，

你能为谁放弃谁？

1.

在音音到来之前，婵已经在自己的公寓里准备了一上午。

她除了清理房间，保持房间中一致的简约主义风格，还出去买了很多吃的。她打算请音音和她一起吃晚饭，直觉上认为音音会愿意和她共同度过很多时间。她早就听过音音的唱片，但是从没见过音音本人。见到本人，更加确立了她对音音的看法，一个对生命挥霍无度的人。

她听音音的音乐能够听出音音的内心，那音乐中充满掏心掏肺的真诚。但那不是婵的风格，生活不容易，不能让人知道自己内心真实世界，必须过滤感情，她相信自己是一个美丽的过滤器。

她很小心地摆设房间，没有丝毫的破绽可以让人对她的环境审美质疑。她不能容忍任何人的眼光看到她的时候，透出一丝的忽视或者挑剔。她经历过艰苦的童年生活，得到今天的一切都靠谨慎和忍受，包括感情。

感情不是空的，对于婵来说，感情是非常充实的物质。一丝的柔情应该换来很多实际的生活质量。不见得都是金钱，但必须是有所得的。因此，她最懂得柔情的价值。友谊也是如此，有谁会白白浪费友情？她的房间中不仅有美丽的古董，还有美丽的干花和石头，这都是感情的化身。婵是个公正的人，她不能让音音的拜访成为感情浪费的记载，她知道自己会得到很多实际的收获，她知道自己也会给予音音很多从来没有体验过的经验。

她轻轻把深蓝的和服式设计睡袍套在白色丝绸睡衣外，黑色的头发盘在脑后。小心地把大餐桌中央的一片干叶子摆好。她喜欢诗意的细节。

然后她等待音音。

音音先去商店里买了鲜花，她很兴奋，觉得自己像是一个刚刚在恋爱的男孩儿。这种兴奋居然超过了她和美丽的塞澳合作的兴奋。她觉得自己像是一个去偷情的男子，背着在家守候的艾德，背着开始迷恋她的塞澳，去找一个不认识的女子偷情。

她从来没有过这种兴奋，想像着自己如何给出现在门口的神秘的婵献上红色玫瑰花。她自己说不清这是为什么，可能这符合她的游戏性格？艾德的爱情太实际了，已经进入到最正规的生活轨道里，如何保持游戏？塞澳是个美丽的情人候选，但是爱情不仅仅是重复的游戏。你能想像出所有和一个美丽男人约会的乐趣和结局，但是你没法想像和一个美丽女人的最初相识，会有什么样的结果。因为音音从来没有爱过一个女人，如果能爱上一个女人，或者假装爱上一个女人，突然扮演一个骑士角色，而不是整天听着男人的缠绵爱语，用不着男性的赞美，而是自己去赞美另外一个女人，世界突然就显得大度起来了。女人不再是女人的情敌，而是女人赞美的对象，女人的心胸如同男人一样宽大地去热情赞美另外一个女人，美丽的皮肤不仅仅只属于你自己和你的男性爱人，你可以不再看着自己，欣赏自己的光彩，而是盯着另外一个女人，享受她的魅力。如此，艾德能享受到的那种无限爱心，塞澳能享受到的那种对女性的永久醉意，就都能转换到音音自己身上，那感情会多么有趣！对于音音来说，被爱，是荒诞的、疲倦的、无聊的、重复的；被爱，使人失去了爱情的能力。她习惯了被深爱，被爱慕缠绕，但是她渴望自己陷入不同的感情游戏中。

是不是这种淘气的动机使她格外兴奋？她觉得婵明白她的意思。

她按了楼下的门铃，门马上开了。婵在二楼。她跑上楼梯，希望看到婵开门的表情。

但是门已经开了，音音的第一个期望落空了。戏的开始，不是她预料的，但是更有戏剧性。音音推开门，婵是背对着门站着，似乎不知道音音的到来。她站立在那里的样子，让音音想起《雷雨》中那种旧时女人的情调。苛刻的音音马上开始暗笑：这戏过了。

但婵似乎不觉得戏过，她慢慢转过身来，看着音音，一脸如梦初醒的表情：哎呀，你来了。

音音心想：你给我按的开门电钮，怎么能不知道是我来了？

事先期待的那个手捧鲜花等妙人开门的场面落空了，她把鲜花递给婵：给你的。

婵看着鲜花没有任何表情，像是拎一只鸡一样把鲜花提到厨房里去了。边拎着花边说：你看，我为你准备了多少音乐要听！

音音稍觉扫兴，这开始的场面似乎已经进入现实，不是她想像的。婵的动作突然更像是一个很实在的家庭妇女，而不是一个游戏者，也不是舞台上的那个神秘女人。

她环顾四周，全白色的墙壁上挂着镶有黑色木制镜框的照片，大多是婵各种角度的艺术照，在照片中，婵用时装把自己裹得像礼品，眼神坚定，似乎是在告诉观者，我等待着你剥去我的包装。

但是音音脑子里无可避免地印上了婵第一个拎花的动作，从这个动作上她看出婵外表之下的粗犷。尽管她自己也是个不拘小节的人，但她想像的婵应该是里里外外都属于舞台的。否则音音追求她干吗？

那大餐桌上做装饰的干树叶，是当下艺术家的审美时尚。但是它们大把大把地摊在桌子上，已经远远超越了时尚，而是一种宣言，生命不是婵的所好，她爱的是死亡。音音自嘲地想，要是在我家，这堆干树叶早就被划拉到垃圾桶里了。

她觉得自己像是一个粗糙的男人，在品味刚遇到的一个狩猎对象。

一架大三角钢琴摆在客厅，不同的是旁边有一架电子琴。音音坐下，这是她最有把握确认自我的方法，坐下，别说话，弹琴。轻轻地弹琴。任何长着耳朵的人马上会静下来听她的琴声，任何距离都不再是距离，尤其这声音对于婵来说。

婵捧着装鲜花的花瓶过来，把花放好。然后站在弹琴的音音对面，目不转睛地听着。音音很快住了手。

婵：我知道你能理解我，我一见到你就确认你是最能理解我音乐的人。

现在这个角度，她看起来出奇的美丽和真诚。她的眼睛非常大胆地盯着音音。

音音反倒低下眼睛，然后微笑：你的音乐使很多人陶醉，不用我理解。我现在只是仰慕而来。

婵：我以前听过你的唱片，没有人能抵过你音乐中的疯狂。那就是生命力的表现，没有人能抵挡那种生命力的吸引。

音音不知道说什么好。马上接上去夸赞对方？听起来就像互相拍马屁了。但是她还是硬着头皮说：你看，我来了，不是因为你来了我的音乐会，而是因为我去了你的音乐会。我是你的听众。

说完，音音觉得不像自己说的。

婵：我没有那么多的才能，所以我必须控制自己，你的音乐才华横溢到处飞散，我绝对不敢那么做。

婵说的是双关语。

音音也不傻：所以我的音乐永远不可能有你那么多的观众。这就是你的才能，你声色不动，我们都被卷入了。

婵：你是在挥霍生命，我不过是在游戏。

音音听到这个，正中下怀，她在寻找的正是游戏。

音音想进一步确定：为什么是游戏？

婵：如果你了解我，我的所有的举动、所有的工作、所有的生活、所有的感情都是游戏。我只要认真了，灾难就来了。

她眼睛里似乎有泪水：我要极度控制自己才行。

音音：但是我听到和看到的，是非常有秩序的经营，非常仔细的设计，乐队的编排，舞台气氛的营造，灯光，你的声音纹丝不露的运用。你的脑子非常清楚，弄得我们只好等待。

婵笑：就是把你们都骗了，你们以为我要说什么，实际上什么都没说。当然我不能公开这么说，公开说，我就不说话了，因为我实际上就是什么都没说。

音音：也许我的问题就是说得太多了，想得太多了。所以我只能用我现在的音乐形式，坐下来，昏天黑地地发泄。

婵：你太真诚了。我从来没有听到过这么真诚的音乐。你知道，如果你不那么真诚，你的音乐就能有非常强大的杀伤力；如果你真诚，你的音乐就会反过来杀伤你自己。

音音：啊，我真没想过。

音音从钢琴旁边站起来，婵带她过去坐在沙发上，婵去厨房拿来很多吃喝的东西。

婵：咱们慢慢聊吧，就我们在一起，可以痛快聊聊，我很少说话这么直接。

太阳快落了，从玻璃窗照进来的金黄色洒了一地，音音还在琢磨杀伤力这句话。

婵飞快地把食品摆在桌上一堆，毫不讲究器皿和食物之间的关系，没有像造作的法国餐馆那样用巨大器皿装很小一把花生。她这种大盘大碗的作风仍旧非常的中国，很温暖，却和她平时的简约唯美风格完全不同。

到底是中国长大的，音音想：她的朴素在不经意中时时暴露。

然后婵又非常中国地直插谈话主题。

婵：法文对我来说不是语言。因为我没有在法国受到教育，我知道的法国仅仅是我看到的和听到的，我会模仿，我会用法文谈恋爱，但是我不会批判法国爱情歌曲的歌词。同样的歌词到了中文，我就会敏感，因为那是我自己的语言。所以我干脆不唱中文，因为我不想说什么，但是如果我想说什么，只有唱中文。可是我真的什么都不想说。所以现在这种很简约的声音和词，什么都不说明。

音音：所以使我们有更多的幻想和等待。

婵：这是保护我自己最好的办法，让别人去幻想和等待，而我自己藏在这些包装里。

音音：也许你是有道理的，我做不到，所有我想的都在音乐中赤裸裸表现了，我性格中所有的弱点都在我的音乐里。

婵：因为你经得住伤害和失望，你总是得到补偿，或者你有太多的强势，不用担心暴露吧？

音音：我没有任何强势，唯一的强势可能就是我不在意。

她走到钢琴边上，又坐下。

屋子里已经黑了，婵把灯打开。灯光是淡蓝的，好像一层淡蓝的迷雾，音音更觉得婵的样子像是一种幻觉中的人物。一切好像都是梦游一般，音音弹出几个音，婵打开合成器，用电子音乐的声音奏出一些长音，这些长音和钢琴的声音交织在一起，婵在舞台上的气氛又回到了这个房间里。音音感觉自己的手指好像被控制住一样在机械地运动，跟着合成器的长音奏出来回重复的单调音符，但是这些音符有种力量在把她往一种非现实的境地中领去，她似乎是被音乐拽着走向一种非常麻木和无法自拔的幻境，好像脑子的神经被某种药物锁在了幻觉里，好像思维变得既麻木又敏锐，非常清楚这个声音是在牵着自己走，但是无法停止。她不停地演奏，不停地演奏。

2.

　　经过很多苦难的婵，更喜欢古典音乐，而惧怕现代音乐的疯狂。她出生于畸形的家庭，父母不仅离异，而且双方对儿童时代的婵都在推卸责任，婵从小就没得到过家庭安全感。长成一个美丽少女之后，父亲就把婵介绍给一个住在法国的老华人巨富，幸亏没多久，老人就死了。婵带着老人的遗产在巴黎成了自由自在的艺术家。这是父亲给她一生最大的礼物。

　　敏感的婵，通过这一次婚姻，人生中最稚嫩的绿芽提早就被蹂躏干黄了，如同枯叶，摆在她心中的大桌子上，供她自己天天观赏。当她看着自己少女的身体和老人在一起妥协式地摆放在同一张大床上时，就开始每天告诫自己，这是她唯一活下去的出路。如果老人不死，她的内心反正已经提前先死了，无论生活是什么前景她都无所谓了。她非常的敏感，当看到别人对自己的审视目光，她心里被伤害得发疼。

　　从小，她在镜子里想像自己是古堡中的公主，但生活中的现实天天在告诉她，甚至没有人真正关心她的存在。当一个老人用婚姻的方式为她提供了物质上的所有满足，她照着镜子看着自己的美丽面孔默默流泪。她非常爱自己的样子，所有的事情和她的样子比起来都不公平。老人死后，她大喘了一口气，但是突然发现，哪怕在她快乐大笑的时候，她的少女情结也早早就干枯了。

她从小和父亲一起时，学了一点儿音乐，在巴黎成了年轻寡妇后再次作为年轻女性露面，她选择做一个歌手。她选择了用最简单的方法来演唱，由于对音乐的敏感直觉，她能把音乐控制在既简单又朦胧的气氛中，而绝对不让自己和听众走出朦胧来挑战真实。真正的情感对她来说是什么？她已经忘了，或者从来就没有过。她不会为了父母哭，也不会为了老丈夫的去世哭，她不知道还有什么是值得哭泣的，也许只有为自己，为自己从来没有过童年和少女纯真恋情而哭。但是她不哭，也不会在音乐中哭。她创造了一种唱法，让自己的声音引导着听众进入她的朦胧世界，在这里，你只能爱她，你失去任何判断她的能力，失去任何清楚的美学评价，失去自我，失去对旁者的情感，你只能爱她。因为她一步一步地用声音向你逼进，她没有逼你思想，而是让她的声音缠绕你，让你不能忘记，不能逃避，不能分析，但是她明确告诉你的唯一事情是：死亡。

在婵的世界，没有爱情，只有死亡，只有对死亡的迷恋，这是她对于音音的最大魅力。死亡，和音音关心的生命树是完全相反的。而音音之所以使婵感兴趣，正因为音音是婵一生见到过的最自信的生命树。音音的音乐绝对不谈死，只谈生，哪怕是去死亡的世界，她也会把精灵请出来游戏；而婵的死亡世界，是没有精灵的，只是一片美丽的迷雾。

这是婵和音音共同演奏音乐时两个人最大的享受。音音被婵演奏出的那些固定不变的长音锁住，被婵手下那些毫无变化的和声锁住，在一条长长的迷路上演奏着，她从来没有过这种感觉，既是被牵引又是自由的。她不用思想，只是顺着一条迷路往下走，不会有任何意外出路，每个音都通向死亡。而婵也被音音手下那些音符吸引着，虽然它们比起音音平时的演奏来已经变成了非常单调的声音，似乎音音在梦游，失去了平时的活力，即便如此，她手下的音乐还是生命力充沛地在一条直线上挣扎着。婵不禁张嘴唱出来，她的声音一出现，世界上所有的呼吸都停止了，这就是死亡的魅力。一个中国女人用法文很羞涩地唱着莫名其妙的词，没有什么意义，更显出一种生命的停止状态。

音音的眼泪竟然出来了，没有任何原因，手指早成了机械运动。所有她生活中的问题，她苦苦思索的所有的音乐问题，都在变成桌子上的干草，没了生命，只是一种轻盈的摆设，四方来的微风可以把它们吹走。此时，艾德在家里写书，他心中充满深情等待着音音回家，想告诉她，他书中已经设了多少疑案；在婵家里，音音的手指在钢琴上机械地运动着，跟着自己弹奏出来的音符，跟着那如同地狱里冒出来的歌声，音音觉得自己好像已经走在通向地狱的路上。不用谋杀的任何手段，婵的歌声就是一种安乐死的毒药。

终于，不知多长时间过去了，两个人都自动停止了音乐。

她们默默地坐在淡蓝中。天已经更黑了，街上居然很吵，有警车在响，但是在她们演奏的时候，竟然什么都没听见。

音音觉得像刚从一种迷幻中醒来。她看着婵：我想起一句英文，What a way to die!

婵没反应。音音又用中文补充：这么死也值了。

婵还是没说话。

音音：我走了。夜里十二点了。

婵：艾德在等你吧？

音音：是呀。

婵：真好，回去有人等你。

音音：也好也不好。

婵：为什么？

音音：生活变得太实际了。

婵：生活就是实际的。你和他多好，志同道合，现实中人们最羡慕的。

音音：不知道，以前也是很浪漫的，现在就是搭帮过日子了。你呢？你有男朋友吗？

婵：还没有固定的。我不喜欢固定的关系。

音音：我怎么交一个固定一个？

婵：因为你就是生命呀。谁都会愿意和你在一起，你让别人感觉到是活着。我已经给人很明确的信号了，我不喜欢亲近的关系。

音音：真的？

婵：一旦从来不和人亲近，就习惯了不亲近。

音音看着她，以她自己那生命树理论，生命树喜欢快乐的震颤，不喜欢亲近的人简直不可思议。不过她又飞快地推翻自己，今晚过得如奇迹一般，是不需要任何情感和亲近的，僵尸的世界也一定是非常美好的。

音音：我走了。

婵：我去送你。

两个人下了楼，婵主动挎起音音的胳膊。中国女人之间都喜欢搂抱，但是作为从来不喜欢别人亲近她的婵，挎起音音的胳膊来，让音音有点儿不知所措。

婵的魅力就是在距离中，音音已经决定了自己的判断。

两个人告别的时候，婵突然说：你能让艾德给我写一篇评论文章吗？

音音想都没想，就说：好。

3.

艾德：今晚你过得怎么样？

音音：太有意思了，我完全没想到和这样的歌手可以谈得这么好，我们是完全不同的人。

艾德：噢？

音音：我居然完全没有谈我自己的音乐，完全是在听她的音乐，听了一晚上她的音乐，把我自己的音乐都忘了！想想，我这么个自恋的人，居然把自己的音乐都给忘了！

艾德：因为碰上了一个比你更自恋的人！

音音：就是，你说得太对了。一个比我更自恋十倍的女人！居然让我都变成粉丝了，太有意思了！

艾德：你们都说什么了？

音音：说的都是她！当然她也夸我，但其实最后还是引到她那儿了。我们演奏了一晚上她的音乐。

艾德：你居然可以忍受那种音乐？

音音：居然！而且我还真进入到那音乐里面去了。那么包装的，那么newage的音乐，我怎么也没想到，对我来说那么造作的音乐，居然让我完全陶醉于其中，我完全被她的气氛包围了，真没想到，如果你能看到她当时的样子，她太美了！

艾德：这是你的同性恋幻想又发作了。

音音：真的？

艾德：但是你不能太认真了，这不是一个好玩儿的游戏。

音音：你不觉得这有意思吗？两个女人互相热恋？

艾德：我不希望，我没有这种怪癖，只希望和你在一起。

音音：两个女人和你在一起呢？

艾德：我完全不感兴趣！我只想和你在一起，对她完全没有兴趣，别把我引进来！

音音：其实我不是同性恋，但爱上一个女性真是有意思，一种柏拉图式的爱情，女人多么美丽！

艾德：听着，她的音乐没有那么出奇，你自己的音乐更加出奇！

音音：我不觉得。我做不到她那么控制，这种控制有种死亡一样的魅力，完全被死亡气氛包围的艺术，彻底和人性隔绝，在勾引的同时把你带进绝望和无望。

艾德：让你这么一说，比听那个音乐倒更有意思了。你形容得太好了。

音音：这就是我的体验，我的确在今天体验到这些了。

艾德：嗯，那我也可以再听一下。

音音：对了，她临走的时候让我告诉你，她想让你给她写文章。

艾德：我？我又不是写音乐评论的。

音音：但是你有名，你的名气可以使她的音乐成为艺术。

艾德：我都没有给你写过任何评论！再说，我不是音乐评论家，我只能写用音乐谋杀的故事，她的音乐倒最合适做谋杀工具。

音音大笑。

艾德：我不写。

音音：求你了，她刚到纽约，需要帮忙。

艾德：我不感兴趣。

音音：听我说完还不感兴趣？

艾德：不，那是非常包装的音乐，当然叫你一解释，意思出来了，实际上那种音乐是非常商业的。

音音：不对，冷漠是非常难得的风格。

艾德：但那是抄袭的，我听过很多这样的东西，我最受不了她用法文唱歌，非常做作。

音音：这就是你对中国人的偏见，她为什么不能用法文？

艾德：她为什么不能用中文？她是中国来的。

音音：她不用中文是因为她觉得中文对于她来说太有生命力了，而法文对于她来说没有任何意义。你看这理由多好！

艾德：嗯，如果这样说，听着倒还有意思，但我不是评论家。

音音：得了，就算朋友帮忙。再说，如果我整天和她在一起，你不吃醋吗？

艾德：我为什么要吃醋呢？

4.

音音这几天脑子里一直转着一句从hip-hop光盘中听来的词：听着，该着我发疯，因为天下大乱了……

对婵的赞美成了她生活中的亮点，但是和塞澳在一起排练使她再次体验被爱的新意。人们的相互吸引多么美好，你能为谁放弃谁？

塞澳是神性的儿子，音音说的所有关于生命树的话都马上能变成他的美丽舞蹈动作，音音边即兴演奏钢琴，边朗诵主题，但每次她只需说出半句话，塞澳的舞蹈就出来了，还能马上接下去说出她想要说的。

音音：我们再回到震颤的主题。

塞澳边伸展着躯体，边说：我们再回到对抚摸饥渴的主题。

音音：外部的抚摸和内部的震颤说的不是一回事。

塞澳：怎么不是一回事？震颤就是对内脏的抚摸，对心的抚摸。

音音：怎么用舞蹈表现晦气？如果一个人的内心如同一团团的烂草翻滚。

塞澳边舞蹈边说：我是个严重的内伤者，凝固的血痂下是脓肿和枯萎。

音音边演奏边说：岁月倒塌歪斜，疼痛扭歪了脖子和肩膀。

塞澳继续：我渴望智慧之窗，渴望新的生命。

音音停止说话，非常流畅地演奏起来，塞澳的动作也加快了，随着音音的手指在琴上发疯，音乐失控的能量爆发出来，手指代替了语言，飞快的动作超过了思绪，塞澳的舞蹈跟着音乐的疯狂而变化。

突然，音乐停下来，无声，但是塞澳没停止，他用舞蹈延伸了音乐，排练厅里只有他的舞步声，和他由于动作带起来的衣服窸窣声。

音音开始用语言当伴奏：当声音穿越身体，如走迷宫；当呼吸穿越地狱，魂魄惊醒。摇动生命树，走进不可预知的幻境。

无声。

塞澳的舞蹈动作渐渐收住。

他接着即兴朗诵：不可预知，在身体里上天入地，随着生命树的变化，快感不可预知。

音音脑子里突然响起婵的音乐，她的神色开始黯淡：所以也不可预知绝望和死亡。

塞澳停止舞蹈，走到音音面前，摸着她的头：今天的主题怎么这么悲观？生命树这个主题应该是一个非常迷醉的主题，我想到的都是兴奋的变化。

音音：但是我怎么止不住要想到烂草？

塞澳：你可能就是太累了，你要不要把你的头枕在我的手上？

他的手很大，手指很长，手背和手心是不同的颜色，在棕色的手背和手心之间有一条颜色界线。

音音故意放松气氛：我想上厕所。

塞澳开玩笑：噢，要不然我用手接着你的尿？

音音笑起来。

塞澳：这就对了，我就是想看到你笑。你多美，为什么那么悲观？

音音：我不知道。没有音乐可以表达所有我想的，音乐是太无力了。

塞澳：回去，让艾德把热水给你准备好，去泡个澡。

音音又笑了：你太可人儿了。

临走，塞澳突然抱着音音亲了她的嘴唇。

5.

在家里，心里想着塞澳，音音坐在钢琴前无聊地扒拉着琴键。艾德走过来，和她坐在一张琴凳上，和她亲昵。

音音突然很感动：我们为什么不能经常这样？最近我们都成了老夫老妻了。

艾德：我对你的爱情有多少你永远不能知道。

音音：我要是不知道，那还有什么意义？我宁可天天听些撩拨我的情话。

艾德：天呀，多么低级趣味！一个关系是要不断变化的，得有更多的新意。

音音：我要从前我们那种关系，我们在任何地方都做爱。

艾德：我们老不断重复以前的甜言蜜语和动作，你不觉得无聊吗？关系也是生命，必须从中长出来新的生命。

音音：但是生命树是要动的。

艾德：我说的不是生命树。

艾德从亲昵的情绪里出来了，他走回到自己的书桌前。

他的书桌上摆着很多小件的中国古代青铜器，拿了一件精美的青铜器，过来给音音看。

艾德：你看，这件东西有生命吗？

音音：当然有，在形状上。

她接过来，用手攥着：古董是有能量的。

艾德：这是在你的生命树之外的生命。没有生命的存在，对我来说更是生命。沉静不动的也是生命，而且是更复杂的生命体现。人有太多的复杂性，反而会变得近乎没有生命了，相反更多的生命是隐藏在无生命之中。这就是为什么我喜欢观察这些看起来没有生命的东西。哪怕不是古董，也是有生命的，你可以给它一个新的生命故事。比如，一支新的钢笔，如何制作，就是生命。不见得只有花草有生命。

音音：你在讽刺我？

艾德：我是在和你聊聊我。我本来不是一个迷恋生命的人，我是一个迷恋无生命的人。但是我迷恋你。我为什么这么迷恋你，我都不知道。

音音笑：那你多说说你爱我，少说说青铜器。

艾德笑：你就是青铜器呀，在你不说话的时候，在你不出声音的时候，你看起来很深刻。谁能想到你其实就是一座火山呀?!

音音：生命就是要爆发的，你不让我在这里爆发，我就到别处去爆发了。

艾德：在别处爆发你不觉得无聊吗？

音音开始故意说：只要能爆发，痛快了就行。

艾德：天呀，千万别说这种庸俗的话，这不应该是你说出来的，这是另外一种人用的语言。

他似乎真的有点儿失望了。

音音：那我不说话了。

音音觉得本来要开始的亲昵，怎么一下就扯到了语言审美上了？她的情爱欲望刚刚被挑起来，又被这话题给冻住了。于是她开始在琴上弹出一段很性感的爵士音乐来，想用声音把刚才性感的气氛给拉回来。

但是艾德没什么反应，似乎还在失望，音音的火山就开始爆发了。她飞快地用手指弹出躁动不安的音符，这是欲望，没有欲望没有爆发就没有生命。音音的音乐能量永远是骚动的，她永远在渴望火山爆发式的爱情。如果艾德再不反应，她的脑子就会回到塞澳那里去。生命得随时爆发，像活跃的火山，大爆不成，就得不断地小爆。

艾德还是坐在音音的琴凳上，听着音音发疯，盯着自己迷恋的青铜器。青铜器在他眼前出现了更长的历史，更多的人性，更多的故事，和音音此刻正在演奏的音乐完全是对立的。音音的音乐中充满了对肉体对情欲追求的动荡磁场，不容许任何隐藏着的质疑。音乐在如今的世界上已经更多地变成了人性外在化表现的工具，而艾德更想和她分享的是沉寂物质中的诱惑力。

艾德站起来，走到自己的书桌前坐下，看着周围的小摆设，听着音音充满火气的演奏。

他脑子里开始给自己最近的故事接着构思。

为什么要谋杀？

因为语言。

如果愚蠢的女人们缠绵于情话，就让她们死于情话吧。

他开始在眼前的三十多支最爱的钢笔中挑出一支来，那支钢笔是一支古董笔，短粗，样子很像某种男性生殖器。打开笔帽，取出一张白纸，在上面乱画：

氰化物——墨水，钢笔——情书，幸福中毒，快乐谋杀？

音音的音乐突然停止了，屋子里一片寂静。一旦寂静下来，音音就似乎不存在了。当她不存在，她的存在在艾德的心中变成一片神圣。

　　艾德从谋杀构思中出来，开始在纸上描绘音音：她的诱惑力是眼睛看不到的，是连她自己也不明白的，那些人性中的所有弱点，不是一个人而是几个人在一个生命中不断争执。一个多面的人性，一座火山被封在生命的局限中。

　　写到这儿，艾德抬眼看着在钢琴边上静坐的音音，音音可能正在冥想自己的"生命树"，她每一秒钟都在感受生命的变化。艾德暗自嘲笑自己对音音的描写，决定语言在他俩之间是无力的，马上想去和音音亲昵。音音在他的生命中本身就是棵生命树，否则他生命中所有的磁场都是沉静的。去探索音音如同去探索一座随时喷发的火山，但现在他有很大的顾虑。

　　他能觉出音音最近的感情很不稳定，这使他不愿意去表现过分的热情，但是这种犹豫正是把音音从自己身边推走的原因。他们双方都知道老情人之间所有的亲昵动作都已经重复了太多次，已经没有更多的刺激了。艾德希望在情欲之外找到新的精神刺激来连接他们的关系，但是似乎音音追求的就是爆发。

　　于是艾德非常小心地走近音音，他怕把冥想中的音音给吓着，然后他俩又得就冥想是否应该被打断的讨论而争吵起来。轻轻地走过去，让她不觉得他是带着浊气来捣乱的，而是带着爱情轻轻坐在她身边，用安静的迷恋来吸引她的注意力。

他很轻地和音音坐在同一个琴凳上，不看她，只是坐着，等待她的光顾。

音音慢慢吐了口长气，向艾德转过身，把头靠在他肩上，艾德开始亲吻音音。这是最要当心的瞬间，闹不好两个人都失望。艾德很怕音音马上热情得如同美国西部牛仔片里的女主角一样开始撕扯他的衣服，他希望先沉入到长时间的静吻里，如同慢慢坠入深湖。

音音果真非常配合，随着他的动作起伏，在他怀里的这座火山突然变成了弱水，这就是他爱的音音。他很小心地抚摸着她，感受着她渐渐涨起的兴奋，他自己也开始膨胀了，西部牛仔式的粗暴马上就要到来了。这时艾德忘记了所有的审美趣味，他在变成自己在书里想谋杀的那种人，热情，忘我，没有语言，没有历史，凭着热浪般的波动和炽热，忘乎所以，让自己进入到火山中心，和火山一同爆发，跟着岩浆一同熔化。

6.

艾德睡得很死，早晨醒来，还在情欲中，又凑过去亲吻音音。音音迷迷糊糊地噘起嘴亲了他一下，说：你给婵打个电话吧，她想请你帮个忙。

说完，翻身又睡着了。

艾德很不平衡：昨天那么好，今天怎么心里还想着别人？

但是突然，他决定接受音音的这个游戏，让音音看看，他是艾德。

迷恋・咒
LOST IN
FASCINATION

③

第 三 章

由于某种诚实使我们很快忘掉了真的骗局……

1.

艾德基本上是带着恶感奉音音之命来拜访婵的。他很怕听婵说话，对于他来说，那口气异常做作。在那次音乐会的后台，他已经领教了婵说法文，她每说一句脸上还带着附加的表情。所以自从那次音乐会后，他对婵就没有好印象。但是他答应了音音，来帮助婵，为了表示对音音的疯狂迷恋，来忍受婵没有智商快感的谈话，当然也表现了他对音音的献身。可是音音不会看到这个，她的盲点是，以为所有她能忍受的，艾德也都能和应该忍受。音音把自己看得很简单，对任何新人新事如同孩子一样幼稚，完全没有自我观察。

所以在临走时，艾德还得跟音音强调：我是为了你去的，为了你的无聊怪癖，不是为你，我不会去。

音音以为艾德在表忠心：好好好，谢谢了。

但自从走进婵的客厅，艾德开始逐渐推翻自己的论断，在这里，四周环绕的，都是他也会喜欢的物件。

一个巨大的青铜时代的鼎放在婵客厅的一角，艾德奇怪怎么音音完全没有提起过这个鼎的事。这个鼎不是一般私人收藏家收得起的，能收到这个鼎就是故事，再加上鼎本身的故事，再加上鼎和主人的故事……艾德的脑袋都快埋在鼎里了。

婵：这是我丈夫留下的。他一生收了很多的东西，我在法国的家里还有很多奇怪的东西，带不来的。

艾德：太有意思了。你怎么把它带来的？为什么？

婵：我觉得它能保护我，就像是我丈夫的魂在里面一样。所以托博物馆的人帮着带来的。

艾德：这是有道理的，你是可以把他的魂灵带来的。

婵：我和音音在一起没有谈到这些，好像她不喜欢物品。

艾德：音音对物品很敏感，她害怕旧的东西。

婵：呵，我就喜欢旧的东西，它们给我更多的故事。

艾德：完全同意！旧东西是故事，是人，是历史和人性。

婵：是死亡在继续生存。

艾德没接话。他心里开始诧异他对婵的判断如此之错。

仔细看着鼎，他说：你应该说服一下音音，说服她喜欢旧东西。

婵笑：这是你的事情。我不是活在今天，她是活在今天的。

艾德心里暗自为这对话叫好，但马上觉得自己似乎已经在背叛音音了，忙为音音辩护：音音是生命。

婵诡秘地一笑：我们都同意这点。

这个"我们"已经把她自己和艾德放在一个阵线上了。

艾德：好吧，音音逼着我来看你，说是你需要我写文章。你来谈谈吧。我不是干这个专业的，看看我能理解你的音乐多少吧。

婵走到合成器前。所有的音乐伴奏都是事先在合成器里编配好的，她在设计房间的时候已经把随时可以展示音乐的可能性算进去了。她打开合成器，按了一个电钮，伴奏的声音就响起来。再按一个电钮，麦克风就开始扩大音响。她走到麦克风前小声地唱起来，和在舞台上一样。只不过她穿的是用很多层棉纱编起来的白色袍子，刚才艾德净顾着看鼎了，没仔细看婵的衣服，现在看着她，她真像从埃及古墓里刚走出来的。

艾德开始进入到一种非现实的境地。一具能唱歌的美丽僵尸，在引诱你进入她的墓地。

这是一种什么音乐？艾德既然要写，得明白自己面对的是什么？是什么？这个白花花的女人，苍白的面孔，音乐似乎在动，似乎又是静止的，声音很小，如果没有麦克风谁都听不见，和声没有很多的变化，但是有些细小的制作出来的声音在飘动，一片黑白的色调出现在眼前，模糊不清，没有侵犯性，没有断言，没有挣扎，没有欲望，无法判断，但是沉浸在里面，艾德说不出话来。看着前面的那一片白色，这件衣服是精美的制作，这种超薄白纱布一层层缝起来，要多少手工。不能干洗也不能湿洗，只能穿一次。

音乐停止了。艾德还没缓过来。

婵走过来，把他的手打开，在他的手心里放了一团细沙：别把沙子扔了，攥着，听我的音乐。

她又开始演唱另外一首曲子。仍旧是一片模糊的声音，她的声音和一些飘渺的微弱电子乐声混在一起，飘来忽去，没有很多的变化，好像在这个音乐的世界，呼吸都是停止的。

艾德还真的不敢把沙子给扔了。虽然对于他的审美来说，这是世界上最造作艺术的其中一种。手心出汗，沙子沾在手上，很不舒服，但是他不敢扔，也没地方扔，似乎扔了很没教养似的。心里想：我怎么居然失去判断力了？

音乐停了。婵走过来：现在把沙子给我。

艾德张开手，手心里的沙子大部分都已经被汗沾在手心上，很难看，倒在婵的手心里一部分，自己的手心上还沾着大部分，沙子的颜色已经由于汗湿变深了，得搓才能下来。这样的姿势和状态使他马上处于尴尬，一个白色的女神或者女鬼在向你要白沙子，你的沙子却都沾在你手心里变黄了！

但是，智慧到哪里去了？

婵：这是从法国带过来的一盒沙子，过海关的时候差点儿要了我的超重费。对不起，你去洗手间洗手吧。

艾德赶紧去洗手间洗了手。回来，觉得尴尬，要是所有抓沙子的人都像他似的，那一盒法国来的沙子没几天不就都沾在手心上得被水冲走吗？

身边的茶几上已经放了一个玻璃器皿，里面放着血红的樱桃。

婵拿了一粒樱桃放在嘴里：请吃吧。

她的白色衣服和红色樱桃很搭配。

婵：我小的时候，最喜欢吃樱桃，让我想到母亲的乳头。

说这话的时候，她脑子里出现的是自己婴儿时代抱着的奶嘴，想到妈妈从她一生下就跟着别的男人走了。

听到这句话，艾德不知道该怎么接，想问，你妈妈的乳头是这个样子？但马上觉得这种问话很无礼，只能点头吃樱桃。心下暗想音音在这里的时候是否也吃过樱桃？

婵：我的音乐不是动态的，你不要只是听，你要看。看我的音乐。比如我这个人站在这里，我的服装，我的灯光，给你的气氛就是死亡。

艾德：为什么是死亡？

婵：我迷恋死亡，不迷恋情感。我看到的所有的东西都是死的。

艾德：爱情呢？

婵：只有死亡的爱情才是美的。活跃的爱情是一种烦躁。

艾德：那你如何解释迷恋？

婵：迷恋？我只迷恋死亡，只有死亡是最平衡和丰富的。所以我要控制自己所有的冲动。

艾德：为什么？

婵：因为我小时候受到过很多的伤害。比如，你看，你怎么想我的胸？它们是不是太平了？

艾德：？

婵把衣服上部一直扒开露出胸罩，纱布领口马上因为撕扯开始变形了。

艾德赶紧说：很好，你很好，是我们欧洲人最喜欢的那类小胸。不用看了，我能想像得到。看你把衣服给撕坏了。

婵：对不起，我觉得和你可以无话不谈。我这件衣服反正只能穿一大，别看它这么漂亮，一洗就不是这样了，像我一样。我作为女人完全没有自信。

艾德：你太应该自信了，你太完美了。是很多男人见到你会不自信。

婵：真的吗？我马上去巡演，我想请你一起去。行吗？音音会同意吗？

艾德：我想没有问题吧。帮你的忙嘛。

其实艾德不知道音音会怎么想。

告别的时候，婵的嘴唇突然似乎很不经意地在艾德的嘴唇上轻轻滑过。

2.

艾德在回家的路上，还不能从婵的气氛里出来，他觉得自己好像是被婵的一种很轻松的巫术给麻住了。

艾德，你被这个女人把你的磁场给搅乱了。这不是你追求的磁场，但是这种磁场你从来没有感受过，所以你现在糊涂了。他指责着自己。

然后心里翻江倒海一片杂想：如何写这个女人和她的音乐？我没有清楚的概念。由于她的出现，所有一切我的准则都突然变得浑浊不清，没有界限，失去判断力，她看起来纯洁，但是有魔鬼般的魅力，所有的排场中似乎都有一种黑暗的力量在支持。她是那么安静，外表没有任何侵犯性，但是她使我第一次失去了对音音的判断力。和她一比，音音显得有些粗糙和太本能了，即使是那些音音的复杂性格和精彩思想，都突然显得如同淳朴的平川，没有任何精彩的怪癖在其中了。

怪癖如同是迷恋的精彩部分，看婵的衣服！那只能穿一天的多层纱布制作的长袍，是她热爱时尚的标志，时尚的女人，对所有男人都是一种诱惑。她那么安静，每句话都如同炸弹在轰炸我已经奠立的美学，没有她的魅力证实，她代表的一切原本对于我来说都是装腔作势。

她就是装腔作势！什么沉默的死亡？死亡当然就是沉默的！她是一个完美的幻象，包装好的所谓艺术品，没有任何感性。所有她的姿势、语言、自怜，都是包装过的！

她真的那么平衡吗？真是我想要在书里描写的那种死亡般的雕塑吗？那种充满死亡的诱惑力，正是所有谋杀者追求的。黑暗的平衡。

只有死亡，是谋杀者最高雅的人生观。只有死亡，可以蔑视所有的感情。婵真的会蔑视一切吗？

看来，去真正了解她是一种危险的游戏，有可能在这个游戏里，艾德会失去他最迷恋的音音。这是他最不愿意面对的危险。

怎么去和音音说今天的遭遇？艾德觉得智商不够了。

3.

就在艾德被婵迷住的同时，音音正在下城的大厂房排练厅里和塞澳排练《生命树》。自从上次塞澳吻过音音之后，他们的排练更加顺利了，似乎音音说的所有话，塞澳都能马上用舞蹈表现出来。唯一让音音担心的是，塞澳的身体太有魅力了，她很怕排练成了另外一种关系的开始。

这次排练有了音响设备，音音在准备演奏前先试用麦克风：塞澳塞澳，你听得见吗？今天我有一些新的词。

塞澳：把麦克风的声音再弄大些，我希望在各个角落都能听到你的呼吸。

音音边演奏钢琴边对着麦克风朗诵：忧郁……枯萎……让音乐进入身体……生命的树叶飘舞……

突然她停止了：我怎么觉得这些词这么傻呀，狗屁不通似的。

塞澳也停止舞蹈：不要说忧郁，听起来太造作，太酸了。所有的表演都是关于生命舞动，每一句音乐和每一个舞蹈动作，都像风吹树枝一样顺畅。

音音：说实在的，我觉得语言非常无力，我们干脆就直接用音乐和舞蹈来表现吧。你的舞蹈已经非常启发我了。

塞澳：无论你的任何音乐，我都知道怎么表现。你的音乐和我的呼吸，灵感迸飞。

音音：身体就是一个大酒桶，把塞子拔开就透气了。中国古代道士练习灵魂出窍，我到现在还不明白怎么能出窍。但是我每次演奏时都好像能体验到一种灵肉分家的感觉，这可能就是我最真实的生命吧？

塞澳：我知道最好的灵魂出窍的方法就是做爱。

音音：当然当然。……但是我发现完全没有必要用朗诵了，我想把所有的词都取消了，所有以前我们念过的词都不要了，就是音乐和舞蹈。

她说完就开始弹琴。

两个人都没再说话。一个拼命弹琴，一个拼命跳舞。

4.

　　艾德在音音回来之前，一直在想怎么和音音说自己要和婵去巡演的事。他甚至写下了一串理由，好让音音不觉得他只是在追求新异：

　　为了写评论文章，去全方位了解时尚；

　　婵这种对时尚的一丝不苟，是为了给人一种对她的幻想，这种人是典型的末代产物；

　　婵知道怎么选择那些人们以为是美的东西，人们认为的真善美，几乎就是那些所有被包装好的真善美，甚至包括包装死亡；

　　这个女人擅长包装诱惑人的骗局，不动声色，没有任何感性，冷酷和美丽地面对活人的世界；

　　音乐不是要作评判，而是产生诱惑力的形式，对很多人来说就是一种直接的勾引；

　　黑暗中的平衡，诱惑中的平衡，唯一诚实的就是音符；

　　由于某种诚实使我们很快忘掉了真的骗局，原谅了骗局；

　　当一种声音卷入某人的生活，可以彻底破坏那个人的所有思维规律，音乐可以是一种侵犯，非常美丽的侵犯；

一个人要有多大的意志来保持魅力的骗局，全方位地不动声色，只有冷酷。

但是当音音一回到家，艾德一看见音音，就忘了那些已经写好的美丽理论，也不知道怎么撒谎和找理由了，只是先问：你今天过得怎么样？

音音：好极了。我和塞澳的排练非常好，不用我多说，他知道所有我想要做的事情。他就是棵生命树！

艾德赶紧说：我也过得很好。你的朋友婵果真是个有意思的人，你的眼光不错。

音音：你对她是什么印象？

艾德：她太美了。但是我觉得她肯定是受过伤害的人，她非常自我控制，能感到她的内心是撕裂的，那种控制有一种惊心动魄的诱惑力，正好是我想写的一种被谋杀的对象，被伤害后的美，和死亡。

音音：听起来你已经比我还了解她了？

艾德：绝对没有，但是我正在用我小说中的人物概念套她，可能是不准确的，我正在找这样一种人物的形象。看上去似乎非常美好，性格如同和谐的音乐，典型美丽的面孔，没有任何特殊表情和性格变化，语言乏味，只是等待着被占有。当人如同占有物品一样占有了她，悲剧就随之而来。

音音：听起来也太阴暗了，你没心理问题吧？

艾德：这是我新小说里的人物，我在构思女主角的特征。我在寻找一个由于内心和精神上被撕裂而变得非常动人的女人形象。她的动人之处正是启发我小说中那个谋杀者狂想的原因，因为这个谋杀者是个疯子，他希望女人永远如同新买的物体一样完整，一旦发现女人内心的裂痕，就如同放弃物品一样要毁灭那个女人，这个疯子认为人格的破碎不是人性中创作力的体现，而是造物的残缺……

音音：我希望你不是那个谋杀者，也希望婵不是那个被谋杀的对象，她音乐中那种死亡的感觉正是灵魂早就被撕裂的原因。

艾德：这正是她音乐的诱惑力，也是她人生观的神秘所在。她在音乐上是不会欺骗的。

音音：别的我就不了解了。

艾德：我如果帮助她写评论，会很快了解她。

音音：你们应该多见面。

艾德：呵，她邀请我去她的巡演，你说我去不去？

音音：什么？去跟她巡演？……有点儿过了。你真要去吗？

艾德：我想去，我很好奇。但如果你不同意，我就不去。

音音：我怎么可能不让你去？你以为我要当一个老婆的角色来

阻止你的行为？我不会阻止你的，再说，我很忙。

艾德：谢谢，亲爱的！那我就告诉她你同意了。

音音：嘿，别拿我当借口，就说你自己决定的好不好？

艾德：不，我要说是你同意的，我要让她感觉到我的生命是由你主宰的。

音音：有必要吗？连我都不会信。

当晚，两个人都非常热情地做爱，只不过，一个心里想的是婵，一个心里想的是塞澳。

5.

第二天，婵就来电话，找的是音音。

婵：音音，谢谢你介绍我认识艾德，他人真好，你们真般配。

音音：呵呵。

婵：我请艾德跟我去巡演，其实我也想请你去，但是我知道你在排练新的项目。你真有创作力，总是在做新的。我这些老的音乐一遍遍演，但是没办法，我就有这一点儿能干的事。你要是不介意，我就请艾德一起去，这样他可以了解整个演出的过程。

音音：当然。我不介意。

婵：谢谢你啦。我今天去买一些东西，你要不要一起去？

音音：我一般不喜欢逛街，但是如果你需要，我可以陪你，今大我不排练。

婵：好，你先来找我，咱们一会儿见。

婵喜欢到曼哈顿上城那些名牌小店里挑衣饰，这些地方是音音从来都不去的。基本上，音音在这种地方觉得自己是个外人。她习惯了下城格林威治村里的嬉皮生活情趣，那和上城的主流名牌店俨然是两个世界。

两个人边逛边聊，婵的购物方式显然和音音有着巨大差异。婵总是对最时尚、最名牌、最贵的东西感兴趣，她必须要让自己在任何地方都显示出豪华美丽、一丝不苟的时尚、对名牌的认知、对昂贵物的趣味，她坦白地跟音音说为了一件名牌衬衣的减价她能等几个月，买到后能兴奋几个星期。

音音：好几个月脑子里想着一件衣服，多难受呀。

婵：这就是购物的乐趣呀。钱怎么花得值，是非常有乐趣的事。你不觉得吗？

音音：我不知道什么叫值不值。反正我喜欢逛的都是下城那些小店，年轻设计师的、嬉皮士的、朋克的、怪僻的、颓废的、埃及印度摩洛哥的，五花八门，你应该去看看。尤其是那些年轻设计师的衣服，那些解构剪裁，奇怪的料子，穿在身上跟从精神病院里逃出来似的，特好玩儿，也不贵。

婵拿起一件宽大华丽的外套：看，这是今年春天最时尚的，可是我在中城的减价店可以花十分之一的价钱买到它。

音音：那你来这儿逛干吗？

婵：来看看行情呀。从价钱到时尚，我都心里有数。

音音：噢。

音音心不在焉地看着那些镶了镀金扣子的晚礼服。

婵：你不喜欢逛这些店吗？

音音：不是因为你，我根本想不到进这里来。以前我上学的时候，在我的朋友圈子里，是比着看谁穿得破，宁可把名牌送人，换件有风格的破衣服穿着。其实风格不用花好多钱。

婵：是吗？你真自信。我没有这种自信，不穿名牌我觉得自己没穿衣服。你知道，我刚出国的时候，是在华人圈子里，海外华人圈子的话题净是名牌。我如果不穿最时髦的衣服，我先生会觉得丢他的人。所以我习惯了也学会了这些品牌。再说名牌设计师已经把风格替你想好了，不是更好吗？

音音：我从来没有过这种生活习惯。如果可能的话，我觉得不穿衣服最好。所以我喜欢衣服样式简单。

音音看了看自己穿的中东风格设计的男式衬衣，笑说：比如，我喜欢穿男式衬衣，可能是因为我的审美简单吧。

婵笑：你简单？你弹出来的音乐那么复杂。

音音：头脑复杂、行为简单的人。

婵：只能说明你幸运。你瘦高，穿什么都好看，对你自己的音乐那么有把握，又有艾德这种人这么爱你。我没有你幸运，我不是学音乐的，我的音乐都是我请人写的。

音音：真的？谁写的？这么适合你。

婵：她叫黛安，是我的一个老朋友。将来我介绍她认识你，她就住在曼哈顿，只不过常常回法国去。

音音：她一定是对你很了解，否则不会写出这么个人化的音乐来。

婵：咳，让我一唱，就个人化了。不过我要说的不是这个，我想跟你解释的是我为什么非常在乎这些衣服。你要是知道了我的经历，就会发现真的像书里写的一样。拿我的婚姻来说，你不能想像我能嫁给一个比我大那么多的人，我嫁给我先生时他已经就是个老头了，可我那时是个小姑娘。当时因为我想出国，希望生活好一些。

婵边说边拿下一件镶着银色狐皮的黑色长礼服在身上比。

音音：能理解。但是这块狐皮把你显得太表面化了。

婵把礼服放回去接着说：你想想，我从小没有母爱，很少的父爱，婚姻又没什么感情，结婚以后唯一有的就是钱，让我爸爸很高兴，他想要什么我都能给他买。所以我看见你和艾德的关系，很羡慕你。人间的爱意本来就是很少的，你一个人能得到那么多，就是最幸运的了。

音音递给婵一件镶着黑色软皮的礼服：试试这件。但是周围有太多的爱也是很不幸的。想想贾宝玉，被爱得都晕头了。周围有太多的爱呀爱呀，爱人或被人爱，就分不清什么是爱了，满眼睛到处是爱。爱人和被爱都是挺累的事，尤其是被爱，很沉重。

婵：你在感情上太奢侈了，我是个不需要爱情的人。

音音：为什么？

婵：爱是要受伤的，太伤心了。

音音：那性呢？

婵：把自己封冻了，绝对不需要温暖。

婵拿起一件跟帐篷一样大大支撑着的银色晚礼服：我喜欢这件。你看怎么样？

她在自己身上比划着。

音音：把你夸张了三倍，在台上肯定特别鲜明。非常有效果。

婵：我去试试。

女销售员马上走过来：小姐，你喜欢这件？穿在你身上如同月亮走下来了。太神秘了。你要不要试一试别的颜色？

婵：还有什么颜色？

女销售员：还有金铜色，黑色，和多层透明黑色蕾丝的。这四件都属于博物馆收藏级的衣服。永远不会过时的。

婵：都拿来。

她冲着音音笑：比如这样的风格，你们下城不会有的。

音音也笑：当然有，戏剧服装旧货店！

　婵消失在试衣间里。

　销售小姐先抱来了那件多层透明黑色蕾丝做的帐篷形晚礼服，
像是抱着一只巨大的苍蝇。

6.

在艾德跟着婵去巡演的前一晚上，他一边忙着收拾行李，一边很想对音音表现得更温存一些，但音音没怎么接他的茬儿。于是艾德很早就去睡了，音音自己坐在客厅里听音乐，一直到早晨。不知为什么，她不想碰艾德。早晨，艾德起床，音音才去睡。两个人亲了一下，算是吻别。然后，音音昏昏睡去，不知道艾德是什么时候走的。

迷恋·咒
LOST IN
FASCINATION

④

第 四 章

我们活着，我们需要爱，

我们需要另外一个身体温暖。

1.

塞澳属于那种无须在生活中有任何顾虑的男人。他完全可以在照镜子的时候得意洋洋：什么叫完美的男人？我。

他喜欢自己租用排练室独自练习舞蹈，在排练室的大镜子前琢磨每一个动作。在舞蹈时，他的肌肉精美得形成了不同的小块状，在舞台灯光下，闪耀着金铜色，每一缕肌肉都象征着准确和优美的素质。他的体型适合穿任何衣服，既不瘦弱，也没有浑身隆起的大块肌肉鼓包。他属于那种出现在任何场合都会引人注目的男人。

他的舞姿刚中有柔，散发着强烈的雄性气息。从这些姿态能看出他为人的敏感，对男人女人都富于同情心，相信生命和爱情，对男人没有竞争欲，对女人没有歧视。由于没有偏见，他的舞姿糅合了世界上的各种风格流派，很难下定义说他是在跳哪一类舞蹈。但是观者心里都明白，没有这么好的肌肉条件、这么好的力度柔度的结合、这么美的身材，绝对没法胜任这种舞蹈。塞澳自称他的舞蹈就叫"塞澳的舞蹈"。他知道自己的生命充满优势，也不会浪费这些优势，女人们永远是他的生命之水，男人们永远是他的永恒朋友。

他的身体就是他自己的图书馆、他的毕业证书、他的家族背景、他的财富、他的推荐信、他的社会保险、他的一切的一切，他的存在意义。因此，养生术是神赐给他的最大恩惠，他这个巴西和爱尔兰人的混血，精通中国道家的房中术，有时间去印度修炼瑜伽，最享受的是不同女人的怀抱，品闻她们的芳香肉体。身体呀身体，人类欢乐的最高圣殿，多少宝藏也不配交换自己身体上任何一块美丽的线条，所有的财富都只能为这美丽的身体服务，这个美丽的男性身体属于所有美丽的女人，而没有女人是不美丽的。当女人们的灵魂充满爱意，她们光艳无比，但当她们的灵魂充满归属和占有欲，她们变得面目狰狞。因此，千万不要激发女性想被束缚的愿望，那是她们美丽灵魂中最愚蠢和邪恶的一面；又因此，他，塞澳，在这个世界的任务，就是激发女性的想像力和自爱，让她们有机会品尝自由的爱情果实，只活在美好的乐园，而避免任何人性占有欲的冲突。

这个游戏规则一直保持着塞澳这个大生情人的金牌地位，如同唐璜，任何想占有他爱情的女人，只能使自己陷入不堪。他永远让自己投入到新的浪漫中，生活方式潇洒自如无遮挡。

但是自从遇到音音，他感到一种从未有过的爱情困惑，这个女人使他难以忘怀，每一次的相处，都让他的浪漫情怀又巨大了好几分，以至难以自控。从来没有过这样的境遇，他自己开始单相思，音音的若即若离尤其使他着迷。追求女人对于男人来说，有无限的快感，如同在丛林中追赶麋鹿，麋鹿奔跑的速度越是加快，猎人越是享受在马上飞奔竞速的疯狂。但是这个猎获情感的局面，转折得有些离谱，塞澳一直把自己放在追求者的通常位置上，完全无视音音和艾德的关系，他不属于规范，他不要音音属于他，只要和音音交换爱情，照他的伦理观念，这和艾德没有关系。但是突然，音音开始迷恋婵，这干脆使音音的性别临时转位了。追求了半天，可能音音在这个生命的阶段，干脆就不喜欢男的？

　　塞澳的魅力还在于，他不是一个较真儿的情人。爱情既然不是束缚，就可以有任何的形式。爱上了一个情窦初开的双性恋，塞澳决定不打扰音音对于同性的初恋情结，而只享受音音对异性的成熟情感。在这个时候，要得到音音多边恋的爱情一角，最好是先当她的朋友。

2.

艾德跟着婵去巡回演出了。音音有整天的时间可以胡思乱想，胡思乱想的副产品就是找人聊天，音音没有想到塞澳这个刚认识的合作伙伴已经成了她每天不可缺少的知音。塞澳什么话题都能接受，对男对女都没偏见。除了一起排练，他俩还每天通电话，没有任何男女之间的紧张感，如同兄妹或同性朋友。通常这种通话是在两个人睡觉前，各自舒服地躺在自己家里的床上，床头放着葡萄酒，抿着酒，脖子上夹着电话听筒。

塞澳：你此时此刻在干什么？

音音：还是在想我们的《生命树》项目。

塞澳：想到什么了？

音音：其实没什么直接的关系。我就是在想做音乐这件事，需要很多的时间，看上去都是白搭工夫，一个人坐在那儿，几小时几小时的就是琢磨几个音。做音乐是靠时间生搭进去才有结果的，和禅坐一样，多一分钟想，音乐就会更好一点儿，但是别人也听不出来。

塞澳：嗯，舞蹈也是一样，动作上差多少只有内行明白。

音音：这是不是和我们说的生命树也是一样的？每个人的生命树是在不同的振动频率上，所以每个人的要求是不一样的。

塞澳：是呀。所以有共同磁场的人，是很难得的朋友。比如，我碰到你，是我的幸运。又比如，我知道目前我们要的是一样的。

音音笑：别吹牛了！和我要的一样的人可不多，等你了解我更多，你就知道我要的和你要的可能完全是不一样的。

塞澳笑：没关系，我不追求很远的事，我只追求眼前。眼前我很舒服，躺在床上，听着你的声音，想，你现在是什么样？

音音：你是在调情吧？想变话题？那你先告诉我你现在是什么样儿？

塞澳：我？完全裸体，躺在被子下面。你呢？穿的是什么？丝绸睡衣？还是什么都不穿？

音音：我不和你调情，我可是一个快要结婚的人。

塞澳：谁在乎这个？所有的人都订婚或者结婚了。重要的是你的一生都应该好好享受你的女性。

音音：但我可能是同性恋呢。

塞澳：你确定吗？

音音：我很怀疑，虽然我从来没有和女人睡过，但是我遇到的那个叫婵的歌手，是我遇到的最神秘的女人。我觉得自己爱上她了，如同一个初恋的小男孩儿，我喜欢和她做那些很幼稚的小感情游戏，喜欢送给她鲜花，说些调情的话，或者对她的所有的缺点都不计较，甚至对于她那种音乐，都根本不挑剔。现在她把艾德给勾走了。

塞澳：和你的未婚夫走了？可见她不是同性恋！

音音：她是什么其实也不重要，我就是想明白自己，或者想明白爱情的各种可能性。我怎么可能被一个女人迷惑到这个地步？仅仅是因为她和我太不一样了吗？如果不是迷恋，我一般不会在意一个她这样的歌手，如果苛求地说，她可能是一个故作神秘的人，也没有什么很高的音乐素养。但是她那么美丽，那么造作得纹丝不露，装腔作势到了极致，反而使我赞叹，因为一个活人很难做到完美的造作。她如同一个从坟墓里走出来的、最美丽的女鬼。

塞澳尽量把话题往自己想说的方向拉：也可能是你俩太不一样了，有时候你好像不太了解你自己，从我的眼光看，你是我见到的最可爱的女人，美丽性感，和智慧。

音音：谢谢。

塞澳：不客气。

音音：你还是别打断我吧。对于你们这些非东方人来说，把我和众多的曼哈顿女人混谈，我当然毫不谦虚地属于美丽性感异国情调之类。但你不知道，对于很多东方男人或者迷恋东方女人的男人来说，婵比我要性感得多。因为她的性感是那种非常含蓄的、隐秘的、默默的、但带有最大侵略性的，直接索取的是你的命。我其实很蠢，否则不会为了这种完全讲不通的迷恋而魂不守舍。我迷恋着一个完全和我不一样的女人，她所有的一切，都是我一生不可能做到的。她眼神诚恳，却满载秘密。我的直觉告诉我她说的所有话都不是真的，但是我的心允许我相信她说的所有话。我知道她为什么要带艾德走，但是我愿意描绘她的清白。我有一个一心一意爱着我的男人，我却在迷恋一个要利用我男人的女歌手。我每天在钢琴上创作着不同的音乐，却迷恋着一个一生只是反复在表演几首不停重复的乐句的女人。由于迷恋她而轻视我自己所有的一切，甚至由她来调度我的生活前景，如果她是死亡，我就是在走向死亡……你睡着了？

塞澳：你不过是在经历一种柏拉图式的爱情游戏，可能不过就是种夸张的友谊而已。对不起，听起来就像少女式的情感游戏，没有威胁，没有实质，不过是供你发挥爱情想像力的幻觉。别担心，你不会真爱上她的。我敢保证，如果有一天你更接近了她，你会逃跑。

音音：为什么？

塞澳：因为你需要的是生命，死亡不是生命。你不要以为你爱上一具僵尸，僵尸会给你所有你要的幸福。你想像的僵尸恋是僵尸会给你另外一种生命刺激，实际上，僵尸没有生命可给予，你感到的所有刺激都是靠你自己看着僵尸想像出来的。

音音：哈哈，你太苛刻了。是不是我的生命力太强了，以为都可以把僵尸给激活了？

塞澳：其实很简单，你想知道你是怎么了吗？

音音：快告诉我！

塞澳：你就是和艾德过腻了。

音音：我爱艾德。但是我们之间真的是没有那么热情了，过得太实际了。

塞澳：所有的关系时间长了都会厌倦。所以你得让你自己放松。

音音：怎么放松？

塞澳：你记得在《生命树》中我们说到性吧？

音音：对，生命树是直通性快感的轨道。

塞澳：人生中最高的境界是什么？

音音：无人之境？

塞澳：所谓的无人之境，除了坐禅、隐居、上高山，还有一个最高的——

音音：？

塞澳：就是性快感。

音音：哈哈……你这叫三句话不离本行！

塞澳：我不是开玩笑。很多人是把无人之境变成有人之境了。男欢女爱的时候，一达到无人之境，之后马上就是具体的关系相处问题，这不就是有人之境了？两个人一起上高山，下了山后就该各走各的路。这是瞬间的合作关系，操作得好就合作得好。

音音：那你怎么选择合作伙伴？

塞澳：我只是感觉当时的磁场。好的合作能让两个人老是呆在无人之境里，你即便走出来，脑袋还是在无人之境里。古代很多神仙般的人，一心追求的就是入境，别管通过什么手段，如果磁场对路，我们就一起享受高潮，如同飞翔。

音音：爱情和浪漫呢？

塞澳：和一个迷恋你的人或者你迷恋的人来操作高潮，就是浪漫。那整个过程，就是最美的爱情。

音音：让你一说问题似乎很简单，就是身体。

塞澳：别忘了，《生命树》是你的项目呀！

电话里传出嘟嘟声。

音音：等等，可能是艾德的电话。你先挂上吧，我再给你打回去。

她按下电话，接听另外一个：哈啰？

是一个女人的声音：嘿，音音，是我，玛丽。

音音：玛丽？你好久没出现了！你在干什么？

玛丽：我是来纽约办画展的。你在干什么？

音音：我正在电话上和一个舞蹈家聊天，我们在一起做一个项目。

玛丽：舞蹈家？男的女的？好看吗？

音音：是男的，非常好看。但是和我没关系！我和艾德快结婚了。

玛丽：艾德他怎么样？

音音：他和另外一个女人一起出去巡演了。

玛丽：他又不是演员。

音音：他跟着她去的。

玛丽：谁？

音音：一个唱歌的，他去帮助写评论。

玛丽：听起来有点儿乱七八糟的。不管他了，咱们一起出去散心吧？开心一晚上，叫上你的新男朋友。我不管你们是什么关系，我也不管艾德。你出来和我去开心，你得放松！

音音：好！

玛丽：明天我来找你。再见！

挂上这个电话，音音再给塞澳打过去，塞澳的电话已经开始占线了。音音想他可能和另外一个女人去讨论合作高潮的事了，就在他的留言机上说：塞澳，明天我和一个南非来的老朋友一起出去玩儿，她也邀请了你。你把明天晚饭空出来就行。明儿见！

3.

玛丽等不到晚饭时间，下午就到了音音家。她是个绝顶漂亮的南非籍英国人，绘画是职业，寻欢作乐是擅长。

玛丽：有什么新闻吗？快说说！很长时间没来纽约了，还是那么令人兴奋的地方！你和艾德是怎么回事？上次我们见面的时候你们俩刚恋爱，我还没忘记他那时候的样子！那么漂亮，典型的混血，长着一对中国人的细长眼睛，我们都羡慕你俩怎么碰到一起了，现在怎么样了？

音音：不知道，不想说，还是说你今晚的作乐计划吧。

玛丽：咱们先去吃饭，找个有音乐的地方，边听边吃。然后去跳舞，然后回来，我有最好的大麻，抽抽喝喝聊聊，只是放松，可以叫上你的新宝贝儿。

音音：别瞎说，他不是我的新宝贝儿，是纽约所有女人的新宝贝儿。如果你要，也可以是你的。

她拨动电话：塞澳，玛丽已经到了，我们七点在咱们常去的那个西村爵士音乐饭馆门口等你。

然后两个人在一下午把女人之间能聊到的都聊了，包括塞澳的合作与操作理论。

玛丽：他真是这么说的？合作？操作？太机智了！酷！我喜欢这个男人。

音音：真的？

玛丽：我最受不了一个男人整天跟我说什么做爱做爱，就是合作操作，做爱太夸张了。

音音：艾德是绝对要做爱的，没有爱光操作，即使在我俩之间他也受不了。

玛丽：他太浪漫了，可是这让他不放松。永远寻找完美，没有完美，永远失望。我这个普通人，就是喜欢你这个新朋友，浪漫的操作灵魂出窍技术以达到无人之境。

音音：你太酷了，我可能做不到。

玛丽：你会的，都是脑子里的事。

说着，已经到了晚饭时间，两个人匆匆赶到西村的爵士音乐饭馆，塞澳已经到了。他的好处是从来不端着，不迟到，不在乎等人。因为在等人的期间，已经有陌生女子给他留下新的电话号码。

塞澳在饭馆门口站着，显得格外出众。他看见穿着黑色男式绣花衬衣和黑色牛仔裤、头发修得短短的音音和穿着暗红摩洛哥丝麻连衣长裙的玛丽向他走来，兴奋得迎过去：嘿！

玛丽：他果真是太漂亮了，你在哪儿找到的？为什么漂亮男人总是在你身边？

音音笑：可能是因为我不漂亮吧？

塞澳：呵，两位多么漂亮的女人！

他亲了她们的手，如同优雅的法国绅士，然后深情地看着音音：你今天更美了。

音音自嘲地一笑：作为一个男人还是女人？

饭馆在地下，爵士音乐沙龙式环境。玛丽已经订了餐桌，三个人坐下，红色的烛光照着年轻人兴奋的脸，他们为了今晚互相的存在而发电，举杯。

玛丽：祝贺你们的合作成功！

塞澳：祝贺我身边的两位绝顶漂亮的女人！

音音：祝贺我们的友谊！

玛丽：塞澳，我认识音音很长时间了，她是我认识的最有才能的音乐家。

塞澳：我知道，我为她能请我合作很荣幸。

音音：是我的幸运，没有人比你更合适了，你使我的想法有了新的生命。

塞澳：是你，使我的生活有了新的生命。

一句话说得音音不知如何对答。

玛丽看着两个人笑。

音乐响起。

音音：呵，是be－bob。

玛丽笑：对不起，当然不适合今天的气氛，可我不是定演出的。

为了不影响音乐，很长时间大家都只能是吃和听。饭后，大家分付账，出了饭馆，叫上出租车，去下城一个舞厅。

舞厅里有拉丁乐队的现场演出。来跳舞的人年龄不等，不像一般舞厅那样都是年轻人。三个人马上跃进舞池，加入到狂舞人群。

随着疯狂的节奏，塞澳渐渐凑近了音音，两个人开始靠紧，几乎快要接吻的时候，玛丽凑过来，搂着他们两个人，于是三个人跳作一团。塞澳亲了玛丽后又亲音音，然后三个人互相亲吻。快速的音乐，狂舞的人群，谁都不在意谁，无论如何，此刻发生的所有事情，都只是活着的体现。我们活着，我们需要爱，我们需要另外一个身体的温暖，我们不需要太在意爱情的意义。

那些不断变化但速度不减的节奏，在告诉人群：爱情没有意义，爱情只使我们继续感觉生命价值，仅此而已。迷恋，使我们不断追求和更新刺激，丢掉旧的记忆。此时此刻，我被美丽的人搂着，我感受美丽人的身体热量，我不用幻想未来，不用追求固定的生活关系，不用计算爱情结果，我只要追求那充满情欲的无人之境。

你的手在我的脸和脖子上移动，你的轻柔嘴唇湿润着我的皮肤，我爱你，是因为此刻我爱现在的我，我爱能够享受到你的温情的我，所以我爱你。因为你，我感受我的肌肤价值，因为你，让我看到我可以给你带来的迷醉，你的美丽的面孔，由于我的肌肤而迷醉，这就是今晚我生命的价值。我活着，你活着，我们的血液在同样的振动频率中加快运动，我们的唾液在今晚是香泉，只有肌肤感受存在的无人之境。

三个美丽的人抱在一起，舞动。

4.

午夜，三个人从舞厅走出来。回哪儿？塞澳建议回到他家里。最合适不过，两个女的马上都同意了。

塞澳的房间里几乎什么都没有。一张床，白色床单和被褥，地上铺着巨大的橙红色波斯毯。

塞澳：欢迎来到我的天堂，请坐。

他指着地上的波斯毯：这是我全部财产里最贵的。没有沙发。

玛丽和音音环顾四周：你的东西呢？

塞澳：所有的东西都收在柜子里。我不需要任何东西，在床上睡觉，在地毯上练瑜伽，在厨房里吃素食。

三个人脱了鞋，直接倒在地毯上。塞澳拿来酒。玛丽掏出大麻。

玛丽：这是很新鲜的，一流健康。

塞澳很自然地躺在了音音身边。

玛丽开始卷烟，然后抽了一口递给音音，音音抽了递给塞澳，三个人一轮轮转着抽。塞澳向音音吐出烟雾，音音张开嘴直接吸进他吐出来的烟雾。三个人轻松得无话。

玛丽：我得去打个电话，我约了一个人，夜里三点见他。

音音：叫他来接你。

玛丽：对，叫他来接我。

玛丽站起来去打电话。

塞澳冲着音音：你试过更重的吗？

他指的是用药。

音音：试过。对我来说，什么都没什么，我早晨起来呼吸第一口气时已经糊涂了，生下来就没明白过。

塞澳：我喜欢看见你糊涂点儿。

玛丽走过来：好，我马上就走了，你们俩可以接着抽。我去见这个特别英俊的土耳其人，他在纽约开会，一直到晚上都有事，我俩约好了这个时候见。

音音：我最喜欢中东人。

玛丽：中东的男人对女人非常好。天呀，他们太浪漫了。

塞澳：等你嫁给他后再判断吧。

玛丽：我反正谁都不会嫁，不能想像我得和一个人过一辈子。

音音：其实我愿意和一个人能过一辈子，如果这个人能一辈子保持浪漫。

塞澳：你知道那叫什么吗？等于叫一个男人永远是硬的，一直硬几十年，那是不可能的。男人也需要刺激，但是老是和一个女人过，时间长了，就是家里人了，你和家里人能浪漫得起来吗？

音音：那对于男人来说是不是也很糟？

塞澳：其实男人也喜欢家，放松，不用挣扎表现，不用像我现在这样，在你面前表现出我最好的一面。我想放屁，但是得忍着。

玛丽哈哈大笑。

音音：你不用在我面前憋着，我又不和你结婚。要放屁你就去厕所吧。

塞澳：正因为你不和我结婚，我才要装呀。你要是想和我结婚，我肯定马上让你看到我所有丑恶的嘴脸，把你吓跑。

音音：你吓跑我是很容易的，你这么漂亮已经吓着我了。

塞澳的门铃在响，塞澳按下话筒：哪位？

楼下的人说：接玛丽的。

玛丽跳起来：我走了，这些草都给你们留下了。音音，我再给你电话！好好玩儿！

她很兴奋地跑了。

音音觉得有些昏：我也得走了。

塞澳又回来躺在她身边：你紧张了？现在就剩咱俩了，又不是在排练。

音音：我不紧张，就是很放松，很长时间没这么放松了，所以头有点儿晕。

塞澳：那你就放松。我守着你，要喝水我给你倒。

音音闭上眼睛，觉得昏昏欲睡。

塞澳把胳膊伸过来：躺在我胳膊上舒服点儿，没关系，我不会和你操作的。

音音闭着眼睛笑出来，把头枕在塞澳的胳膊上，突然，困意袭来，她马上睡着了。塞澳看着她，一动没动。

5.

　　这是个漫长的夜晚，塞澳看着音音睡过去，怕吵醒她，居然一动不动，然后他自己也睡着了，下意识地，他的胳膊一直没挪，直到早晨。

　　两个人同时睁开眼，音音没有任何吃惊的神色：早晨好。

　　倒是塞澳吃惊了：早晨好？难道咱们真的什么都没干？

　　两个人大笑。

　　塞澳：我的胳膊！我差点儿把它忘了！

　　他挪动胳膊：已经完全僵死了！哎哟！

　　他活动着胳膊：糟糕，现在我们才像是结了婚的夫妇，什么都不干，但是互相很熟悉。我们还没开始浪漫，就已经结束了，都怪那该死的大麻！

　　音音：是呀，怎么我睁开眼睛看到你也不觉得奇怪呀？

　　突然，他们抱在一起，如同两座火山衔接了起来。

6.

　　这是音音在回家的路上听到的心声：

　　unpredictable，不可预知，这不是你最喜欢的境界吗？但现在发展成了可知的结果，你该怎么办？

　　音音马上回答了自己的内心：

　　这有什么了不起的？我还没结婚呢。别把要追求的想法和事情都先弄清楚，那就把不可预知的兴奋感先给排除了。无人境界必须是不可预知的，它也并不等于永远是最高境界。

　　然后音音马上反问内心：

　　但是，我和塞澳想追求的只是共同操作去达到的所谓无人境界呀，怎么塞澳那么深深地进入到我的感觉里？我能感觉到，我也同样很深地进入到他的感觉里，我们是在做爱，而不是在操作。即便是塞澳，也不能达到他自己希望的那个自我。

　　这个意外而不偶然的外遇，本来不应该是这样，本来应该只是一场游戏，最多是一场操作，但是怎么一下子两个人成了做爱，什么无人境界？每一秒钟都感觉到对方的存在，感受着对方的一举一动，为了给对方最大的满足，尽着最大的力量来感受对方。好像一时间，我们交换了自我，自然就知道对方在想什么需要什么。只有最互相爱恋的情人才能达到这种境界，但是我怎么可能爱上塞澳？这怎么可能是爱情？但不是爱情怎么能有这么浪漫的做爱而不是操作？是大麻的缘故吧？是我太想要浪漫了吧？是塞澳太有女人经验了吧？是我太成熟了吧？是我太熟悉艾德而对塞澳更好奇吧？

内心没有答案。

音音才想起来自从艾德走后，他还没来过电话呢。

迷恋・咒

LOST IN
FASCINATION

⑤

第 五 章

你最好别为了爱情的失落大喊大叫，

因为这种叫声已经太多太长了，

成了陈词滥调。

1.

对于音音来说，解决困惑的最好方法，就是弹钢琴。

坐在钢琴前，把两只手放在琴键上，看看手指去哪里，出来的声音或许是心里想说的，或许就是欲望和现实扭曲的体现。

那些谐和的音律也许能带人重新回到爱情的兴奋里，似乎歌颂着生命之美，但是听多了，会让人想到被掩盖了的真实；听多了，就能听出来在谐和声音之下那些压抑过度而格外扭曲的心跳。

音音小的时候最恨弹钢琴，因为坐在它面前，马上标志着进入各种准则。它的准则都是钢琴教科书给安排的，基本上就是用手指完成一场多项奥林匹克训练。玩儿不好，在钢琴老师面前，你就是残废。她那时一直很害怕演奏古典乐曲，这些乐曲似乎就象征着生活的约束和社会的教义。孩子们初学演奏的时候，为了那些谐和的分解和弦，手指得敏捷地避开"错音"，"错音"就是规则中的错误，要当心下手的位置，准确的习惯指法。孩子们为了在钢琴演奏中表现出自己对古典音乐的修养，要不停地练习，好适应那些古典作曲家规定的手指行为路线，那些指法就像是生活中要熟悉的必经之路，只有反复不停地让手指在一个乐句上跑来跑去，手指才能渐渐变成最合格的钢琴社会公民。钢琴是手指的跑步机或竞赛场，手指最终会适应各种规格的大跳，越野，游泳，射击，快而准确，最终能胜任宣布音乐最权威的美学定义。这些权威的美学定义也被人们引用来变成了生活准则。每天起来，你可以感到所有约定俗成的生活准则就如同是永远练不完的练习曲，排着队等你去熟悉。因为这漫长的练习音乐和体验音乐的经历，音音厌倦透了所有的谐和准则——人生中或是钢琴上的。

谐和音响在钢琴上的组成，和生活中一样不直接，比如说，如果把在生活中说的"我－爱－你"，和钢琴上的一个三和弦作比较，那这三和弦就是由三个有间隔的音组成的。如果说，我是C，爱是E，你是G，一个所谓最谐和的主流大和弦，但这简单的组合实际上得隔过去多少可能捣乱的"错音"。在我＝C和爱＝E之间，有♯C、D、♯D隔着，在爱＝E和你＝G之间，有F、♯F隔着。把这个美丽和弦的组合位置转译成文字，就是我（　）（　）（　）爱（　）（　）你。在这些（　）里能填写多少别的故事呀！

突然有天她坐在钢琴旁，找到了她自己用演奏钢琴来自我治疗疲倦和厌倦的方法，后来这就成了她的特殊演奏风格，也是她生活中不可缺少的镇静剂，和心理的按摩器。她每天必须用声音给自己的脑子做按摩，并且发现她自己脑神经在需要放松的时候听到的都不是谐和声音，而是一堆互无关联的不谐和声音，她的手指最自然触摸到的键盘连接起来的路线都是不谐和音程。渐渐地，她给自己建立了完全违背法则的演奏风格，也等于用声音给她自己设立了一个无法无天的世界。所有的（　）都被填满了，所有的"错音"都被转换成主音。当声音们成了主人，音音本人也就变成了一堆声音中的一个。她不再调动手指，而是手指在调动她。无法预知的音乐引导着她建立了自己的听众群，引导着她遇到艾德，引导着艾德疯狂地爱上了她，又引导着她不断迷恋着任何使她感觉新奇的恋情，不断幻想新的迷恋，不断变换迷恋的角色，迷恋的角度，她是音乐中的唐璜，温柔，细腻，浪漫，冷酷，理性，奢华，暴力，都在她的音乐中疯狂地自由来往着，她能让所有不谐和的声音变得人性和动听。

当年艾德疯狂迷恋音音的时候，曾说过在她的演奏中有种杀人的能量。音音有时候为了自己能当上一名幻觉杀手很是得意——拿噪音当武器，杀死保守的人类思维细胞，让人类规范的内分泌系统受到音乐的刺激而变得活跃和紊乱，让智慧由此诞生。但现在她才开始明白，她的音乐远远不是谋杀，而是自杀用的。倒是那些谐和安静的美丽声音，极有可能是真的谋杀武器。

2.

塞澳在自己的房间里呆不住了，必须去个酒吧里坐会儿，想想自己该怎么办。他常去的一个酒吧，是在一座古老建筑的底层，酒吧里昏暗舒适，烛光微闪，所有二十世纪三十年代遗留下来的家具都谜样地藏在黑暗中。看不见旧地毯和旧沙发上到底有多少陈年污垢，到底有多少蜘蛛昆虫趴在厚重的桌布上、烛光照不到的地方和人分享着尘埃。叫上一份朗姆酒，和一盘新鲜柠檬片，把柠檬汁挤进酒里，再打开包砂糖掺进酒，搅搅，大喝上一口，酸甜苦一饮而尽，配着酒吧里播放的新型南非爵士音乐，深深吸进陈旧家具的气味，吐出口单身男人的自由长气。

刚刚发生的"一夜情"让塞澳很不舒服，他不舒服不是因为后悔，而是因为觉得自己真爱上音音了。

凭着塞澳的经验，这可能是一种很不惬意的爱情，他本来是绝对不会让自己对音音这样的人产生真爱情的。音音属于女人中的情感重量级，不在于她是否要承诺，而是她在爆发爱情的同时从来不会放弃苛求。她似乎要把自己永远放在来去自由的状态，这种游戏状态连花花公子也很难承受，因为所有被勾引者所引起的痴情悲剧正是花花公子们的追求享受之一，牵着对方的情感走是追求者控制欲的满足，但当他遇到了一个和他几乎同样的人在游戏，那就好像是在和自己游戏一样。塞澳本来是认为一生也不会碰到这样的对手，没想到不仅碰到了，还发生了爆炸性的关系。被音音吸引是容易的，和音音游戏是生活中的火花，不仅生理上享受，还有智力上的快感。其实通过排练，塞澳已经开始越来越离不开每天和音音的对话，他一生最得意的就是保险的爱情游戏，但音音的出现使他突然感到这个女人将是他生命中的重要一幕。同时，这可能就是最具有毁灭性的爱情，首先，音音不可能属于他，再者，音音就算是可能属于他，他也不能和不愿意承担这么重的感情方式。

生命本来是多么美好轻松的事情，永远陷入新迷恋，永远追求一时快乐，永远可以拥有不同的幸福瞬间，稍一失望就很快放弃，不停追寻，不停失望，再不停拥有，每一天都是重新再生的时刻。

而音音这种女人的出现，将会是对他爱情游戏的诅咒。他知道，如果自己认真下去，先失望的是音音，而自己可能反而会依赖这个难得的伴侣。因为一切都那么难以置信，不仅在工作上一拍即合，在感情上也毫无障碍，加之，两个人的生理亲密过程没有任何的隔阂，仿佛是天上掉下来个夏娃，但过后细想，是原子弹。

不行，塞澳不能一辈子骑在原子弹上过日子，这种过日子的方法让受过太多教育的艾德去享受吧，那家伙读了一辈子书，最后选择专门研究美丽的自杀和谋杀，那就让他们俩去用爱情互相残杀吧。塞澳又要了一份朗姆酒。接着思索：我不能加入到艾德的队伍里去。首先，性爱是供享受的，不能给我的自由生活只找一条河流，如果我爱上音音，我就肯定把自己淹死在这条爱河里了；我也不能把自己关在爱情的毒气室里，如果我爱上音音，我就等于给自己脑袋上插了一个瓦斯管道。因为我太爱她了！当然，我不知道这种爱情能延续多久，至少，这不是那种能淡淡品味过后就能微笑遗忘的恋情，这简直是一种生命的打击！

朗姆酒加上酒吧里的音乐更加夸张了欲望的醉意，塞澳发愁得要崩溃了，为爱而心碎，绝对不是他的风格。他都不愿意管痴迷叫爱情，因为他否定爱情，而只赞赏迷恋；迷恋应该是对生命的赞美，而不是自杀性的。

听着耳边那半冷不热玩弄智商的新酷爵士乐，他心里挡不住地暗暗叫苦：噢，音音，音音，你自己不知道你是谁，你不仅仅是个女人，你是麻醉剂。只有我能感到你的磁场，它把我带到另外的一个境界，在那个境界里，我能永远感到刺激和安全，只要在你眼睛深情顾及到的地方，只要通过你手的触摸，我的灵魂将通过爱你和你的爱得到升华。但是，这是多么危险的诱惑力，如同最纯的海洛因，因为你不是我的，你其实也不可能完全是艾德的，你的爱情，甚至你这个人，都不可能永远真实地存在于任何人的生活里。我知道你，我觉得似乎过去几辈子都认识过你，你是我的姐妹，我的爱人，我身体的另外一半，我的阳性磁场只有和你的阴性磁场结合，才能让我感到完整的存在。但是我必须逃跑。

　　塞澳喝完半瓶朗姆酒后，就有了决定，先离开纽约。

3.

音音没开灯，在房子里点了七支白色蜡烛，躺在地上，看着窗外的曼哈顿天空。塞澳走了，艾德失踪了，她从来没这么失落过。

所有物质生活都不重要，除了音乐，她追求的就是虚无的爱情。她不需要任何爱情后的实际利益，不觉得爱情是通往安全婚姻的渠道，更不指望通过爱的对象得到任何实际的帮助。爱情对于她来说，就是生活中的麻药，迷恋一个人，或几个人，用沉醉的迷恋之情来抵消对人生规则的厌恶。她永远不愿意停止爱情，以为在自己的人生中永远也不会有爱情空缺的片刻。但突然，她把自己置于了孤独，一腔爱情没地方发泄了，不仅最爱的人音讯全无，连刚开始的一个浪漫之夜都能戛然终止，她自己收敛还有情可原，怎么连塞澳这种风流公子都能被她吓跑了？和塞澳的浪漫关系不过是刚刚开始，她也并没有真正想长期展开，但在情欲燃烧最厉害时，双方都突然打住，像急刹车一样，身心失控。塞澳的突然离别，似乎暴露了他在爱情游戏上的软弱和追求真实的一面，塞澳并不像他自己形容的那样无情无义。但是，音音对塞澳的感情并不是缠绵，而更多的是感动。在自己感情上最困惑的时候，在艾德可能移情的时候，音音居然能够遇到这样出色的一个朋友！如果不是现在，不是在此刻这种多变的情感困惑中，塞澳极有可能会得到她更多的缠绵，那可能正是塞澳想要的或最怕要的？但也许如果情况真那么简单直接，塞澳也不会对音音产生这么强烈的爱意。塞澳能够如此迷恋音音，正因为她不是那种会缠在塞澳身边的女人。也许不是因为曼哈顿，他们谁和谁都不会碰到，所有这一切都不会发生；造成种种感情错觉和困惑的原因，也许压根就不是因为他们这些人，而是因为曼哈顿？

她从地板上爬起来，走到钢琴前，突然，手指按出来的都是非常美丽动听的谐和之音。随着这些声音的出现，她惊呆了：我这是怎么了？再这么弹下去我就马上能唱出来绝望的爱情歌词了，今天我真失落了，可我的手指下却奏出来这么美丽的声音，可见玫瑰都是有毒的。爱和欲能使我们甘愿投降于无知，本能是最简单的，所以流行歌的力量就在于歌唱本能。当愿望能大声喊出来之后，就可以不去真实现了。我也能唱出"摆脱一切，越过沙漠和海洋"之类的词，唱完了，也许就能安心睡觉了？

她索性跟着手指的感觉，沉浸在浪漫主义音乐的动人旋律里。心里还是想：我这个人真是无聊透了，没了爱情，就不知道干什么，只知道弹琴。啊……庸俗和谐浪漫的世界大同之感情，爱情把所有的人都折磨成同一种操像了。连我都想相信爱情歌曲了，都想写爱情歌曲了，看，我的手指在柔情地弹出美丽的音乐，我的脑子拦都拦不住，我都被折磨成理查德·克莱德曼了。不行，至少也得换成古典主义那种道德庄严的悲伤吧，来表达我被爱情折磨得灵魂出窍了？笨蛋，爱情怎么能使人灵魂出窍？爱情，是对智慧的葬礼，我一生已经给自己的头脑举行过多少次葬礼了？还得举行呀？用古代祭奠般的悲伤歌喉来唱出我的失落，让灵魂摆脱局限，夸张爱情的能量……

我的手指，请指引我寻找出最美丽的失落之声吧。我是弹琴的海妖塞伦（siren），古希腊的人鸟，坐在海岸上歇脚，用我的琴声勾引着所有渔夫在我面前翻船。和真正的塞伦不同的是，渔夫翻船了，我也跳海了。因为我是假塞伦，我心里全是人的感情。

手指渐渐在琴键上舞蹈着浪漫派的华丽步伐，那美丽的和声，千变万化的音响色彩交配，歌颂伤感是用不着具体对象的，把爱情、伤感和厌倦搅和在一起，就是一盘味道特殊的菜，就是一种色调暖昧的颜料，就是一部令人回味的浪漫乐曲，值得厨子画匠乐师一辈子琢磨。

伤感，悲壮，心碎，仍旧充满无限的爱意，这是浪漫主义的光环。但是如今我们谁能够浪漫到死？厌倦随之而来，不容回顾。今天，我相思，具体的对象也许是不重要的，相思本身引起无头的伤感，伤感引出音乐。其实最好是见不到真正所爱的人，否则爱人的存在会马上变得太真实太实际，厌倦也就随之而来。思念永远是美好的，瞬间的爱情就是high药，有谁能拒绝？为了high，我们不断在牺牲细胞。多么轻浮的生活审美，只有曼哈顿能造就和成全这种享受，从少年到老年，在曼哈顿的人，永远不会消失恋爱的热情，随时都准备飞出房间，带着少年心态穿越世界的沙漠和海洋，只为了感受爱情的拥抱。这其实不是因为浪漫，而是害怕厌倦。

手指在模仿后期浪漫主义的音乐风格，那分明是种压抑过度、伤感过度、思想过度、绝望过度的音乐，句句闪着哲学的光彩。但今天曼哈顿年轻人的特点不是绝望，是欲求，所有的感情都能马上找到发泄的出口，那么多种类的音乐如同出租车一样排着队等待着解释和解决任何感情方式。曼哈顿的人能把绝望马上转换成刺激，让生命在刺激中灭亡。

音音的手指变换着各种风格在钢琴上如同神经错乱一样移动着，至少这样可以忘记折磨她的感情和生理的需要。从浪漫到现代主义的音乐风格，手指在帮助她摸索着某种答案。她渐渐在走出惆怅，开始明白手指的旨意：现代主义的情感方式中绝对没有给温暖的伤感留空间。

似乎手指们在说：你可以表现绝望，表现厌倦，表现空虚，表现原始，表现野蛮，表现性感，但是，你最好别为了爱情的失落大喊大叫。

音音：为什么？

手指们：因为这种叫声已经太多太长了，成了陈词滥调。

音音：但是我们还没有失去人性中最基本的感情，怎么办？

手指们：发泄，而不要去分析和形容。人性中的基本感情已经太多面了，但是任何一面都已经有了答案。答案是没有用的，只有体验。

于是手指们开始成了音音的领导者。

强，十个手指一齐砸下去，砸下去，再砸下去；弱，温柔的分解和弦，闪出无调性的旋律，马上用快速的颤音淹没，稳住，安静的和音，成串的和声变化，稳住，保持虚幻的意境，跳跃！准确飞快的变奏，让旋律若隐若现，插入轻柔的装饰，再装饰，再变奏，分解音型，放开，让音乐更宽广起伏，双音连续转换，节奏，连续的切分节奏，跳跃的装饰，突然的快速低音，一片暴力的怒吼，怒吼，咆哮，左右手像是两只对峙的野兽，琴键就是野兽的竞技场。两只野兽的竞技开始了，无法形容音乐的方向和风格，除了能量就是能量，这样一直到很久，两只野兽才渐渐趋于平静，手指们又变成了饶舌妇，唠唠叨叨，直到累得都快要僵硬了，才罢休，音乐也戛然终止。

电话铃响起，音音回到现实，去接电话：哈啰？

是婵：是我，我回来了。太想你了。

音音脑子里的闪念是：哎呀，可是我在想艾德……

但是她嘴上却说：我也想你……们呀。

还是得说明一下婵现在不是她关心的中心。

婵也很敏感：艾德没有回来吗？我以为他早就回来了，他提前离开了。我真的以为他早就回来了。

婵用通常的无辜语调说。

音音：发生了什么事吗？他一直没来过电话。

婵：这我必须见到你才能说。

4.

音音约了婵在"伯恩斯和诺博"书店的咖啡店里见面，艾德没有跟着婵回来，使音音非常困惑，她得在外面保持距离和婵谈这件事。

"伯恩斯和诺博"书店是音音和艾德常来的地方，来这里让音音想到艾德，他们常常在这里过一天的时间，在咖啡店里边吃边聊边看书。在这里看书的好处就是可以连吃带喝地白看一天，不用买。

就在不久前，音音还曾经想约婵来这里分享读书的乐趣，但现在她懒得再和婵深聊书的事了，也失去了对婵的音乐兴趣。现在她唯一想知道的就是艾德的下落，因此她对自己并不满意。从前的潇洒似乎瞬间都消失了，自认为风流的她突然变得只在乎艾德一个人了，连她自己也说不出来是为什么。比如，看着书店里的各种书，她能马上想到艾德和她曾经有过的所有关于书的对话和笑话，有谁能再给她这些乐趣呢？

婵把自己包在一堆亮闪闪的褶子里来了，这是三宅一生（miyake）九十年代典型的时尚，用浑身的褶子裹住胸中的闷欲，像是专门治疗东亚女子精神病的特殊礼服，褶子上端露出青筋欲暴的脖子、苍白面孔和艳红血唇，再向上看去，乃是那双永远表现无辜的黑眼睛：真对不起，我以为艾德回来了。他早就离开我们了，我真的以为他已经回家了。

音音穿着薄亚麻男式衬衣、牛仔裤和短靴，伸开两条长腿坐在椅子上，面无表情地看着婵：他没回来。

婵从挎包里拿出一堆照片，大都是她的演出照：我想给你看这些，这些照片里有艾德。

音音无意地扒拉着照片，在几张照片中，艾德和婵的亲密关系透过他们相互间的目光和紧拉着的手展示无遗，但是音音没说话。

婵主动说：是艾德自己要表现得和我这么亲热，不是我主动的，我是你的朋友，如果你的男人要和我友好，我也接受，是为了你和我，所以我没拒绝他。看，这张是我给艾德照的。

艾德看着镜头，一脸的茫然，那种在镜头面前最难看的尴尬表情。

婵：这就是我想告诉你的。我不知道他是不是爱上我了，但是我不能拒绝他的友谊。你知道我是不会背叛朋友的，所以我没答应他的爱情，后来他好像情绪很不稳定，好像有点儿困惑，再后来他就提前走了。我真的没想到他还没回来。

音音：我现在一头雾水。

婵：我不知道怎么开始跟你说，把我们的关系说亲密了，是夸张，因为绝对没有你和他在一起那么亲密，说不亲密了，又好像在回避什么，我什么都不想向你隐瞒。

音音：我也不知道该问你什么。

婵：你是我的好朋友，我如实告诉你。和他在一起，我们谈话非常投机。他是一个非常聪明的人，而且注意听别人说话，很快我们就几乎无话不谈了。

婵在脑子里回忆起一段和艾德的谈话内容。

当时他们在谈关于魅力的话题，她看着艾德关注的眼神，忍不住把裙子掀起来给他看自己的大腿，问：你说我的腿好看吗？

艾德居然很认真地看了一下，说：很好呀。

当然，这些细节没有必要告诉音音。

婵：你知道，从专业来说，我说得越多，他会越了解我，他越是有的可写，所以我们无话不谈。艾德是个有魅力有智慧的男人，谢谢你让我分享他。

音音：那你就说说这些分享的细节吧，万一他已经自杀了呢？

婵：怎么可能？他是非常高兴地离开的。

音音：从第一天晚上开始说吧。我可以带着开追悼会的心情来听，这样我也不会怪你。

婵：当天晚上我们基本上都没睡觉，聊了一夜。我一生没有碰到过这么聊得来的人。我们谈的是分裂人格和人性黑暗等等，非常有意思。

音音心里想：叫她一说，他们在一起说的净是哲学了。

音音想起艾德曾经说过婵是个死火山，不知要什么力量才能再爆发。艾德也说过婵的经历一定非常分裂，否则她不可能有那么好的自我控制力。音音想到艾德几乎很少说婵的好话，看来艾德是个两面派。

而婵的脑子里正在出现那一夜和艾德在一起的场景：他们那天晚上确是说到分裂人格的话题，但是谈话让婵给岔开了。她说起她曾经被强暴的经历，说到她对人性的失望，主要是对性的冷淡。艾德的眼光充满同情，婵喃喃说：也许你是我命中注定使我恢复人性的第一个人。说完，她用天真的眼神看着艾德。这是她的街头智慧在起作用，一般男人就爱当第一个，你说他是第一个，他肯定凑上来。果真，艾德也不能免俗，他的嘴巴迎上来了。婵一边为音音惋惜，一边接着证实自己的智慧。当晚，在旅馆里，婵的呻吟声使艾德彻底忘了音音。当然，这些细节没有必要告诉音音了。

婵：所以在第一天，我们互相熟悉，聊了一天一夜，累死我了。

说这话的时候，她脸上的表情如同谈工作一样认真，其实脑子里出现的是和艾德那一夜性爱的疯狂场景，她真希望能够找谁说说，但肯定不是跟音音，面对音音的存在，她只能是坚持满脸的天真微笑。

音音故作镇静：现在我们的回顾会应该讲第二天了吧。对不起，我太想知道艾德的情况了，连我自己也没想到我会这么关心他！

婵：当然，他是你的未婚夫呀，我能理解，让我想想。第二天，不知道为什么，他突然变冷淡了，你看那张照片就是我给他照的。虽然照合影的时候他还是拉着我的手，显得特别友好，但是很明显，我们的话说得少多了。可能是他累了吧。

在婵的脑子里出现了那天的情景：她几次走到艾德的身边想接着聊，但是艾德心不在焉地回避了。婵觉得他可能是内疚了，或者陷于两个女人之间的爱情的确是很困扰的事，婵能理解一个男人的苦心，她见多了，所以并不在意。她告诉音音艾德的冷淡，是实话，并且，这种实话肯定是音音最爱听的。

婵：但是在那天排练结束后，他对我说，你的音乐是唯一表现出你的本质的。你说，他说的是什么意思？

音音想到艾德曾经评价婵是一个没有生命，借以在别人的生命中生存的人。他评价婵的魅力是：没有生命的人往往显出比有生命的人更有一种神秘感和魅力，因为她依附在另外的生命中，掩盖着本质上的死亡。当然，这些话她不能告诉婵。

音音：我想他肯定是在高度称赞你吧。

婵：我想也是。我想把这句话放在我的宣传手册上——音乐表现了人的本质。我当时也是这么回答艾德的，我说，我就把这句话理解成你对我的最高评价吧。

音音微笑。这就是婵的坚强素质。

音音：那第三天呢？

婵：第三天，白天我见到他的时候，基本上没说话，可能我也太忙了。他偶尔和我说话，眼睛也不看着我。真奇怪，好像我得罪了他似的。更奇怪的是，他来了我的更衣室，非常奇怪地看着我那身晚礼服，然后就出去了。等我演出完，听说他已经离开了。

婵这时候脑子里回忆起那天她和艾德的对话。她在更衣室给艾德看她的演出服，她的胸被假胸罩高高地托起，她自己认为非常精彩，但是艾德却问：为什么用假胸罩托这么高？自然的消瘦多美。

婵觉得这个问题非常傻，只好如实解释：我花了差不多五千美金，用了一年的时间在法国定做的这身内衣，能把我的体型给箍成另外一个人，隆胸其实是我们东方女人的向往，否则我穿不了这件意大利人设计的礼服。

婵边说边照镜子，再看艾德，他已经走了。没有任何祝贺演出成功之类的词，也没有一个拥抱，就走了。婵很失落，也不明白，但是这个细节她不能说，她自己都不明白在什么地方得罪了艾德。

她不相信内疚能够使一个男人如此的无情，必定是什么思想在他心里发生了，必定是她自己什么地方让艾德失去了兴趣，必定是他俩之间有了什么错位，凭着婵生命中屡屡出现的感情挫折，她直觉这不是偷情造成的。但是跟音音当然不应该讨论这些。

音音想到艾德曾经在书中形容过一种美丽，柔顺如长筒丝袜一般。艾德常把那种纯丝的长筒袜比作一种美丽女人的命运，被人占有和撕毁，那撕裂丝袜的声音，在深夜中男人的耳朵里显得惊心动魄的诱人。婵，把自己永远包裹在美丽衣服中，似乎是等待着最合适的破坏者来随时撕毁那些面具。但是艾德到底想在婵那里得到什么呢？还是没有得到什么就压抑出走了？

音音：那么然后呢？

婵：然后我就再没有他的音讯了。会不会是回到他故乡去了？探亲去了？

音音：我没有他故乡的地址。他追着我来到纽约，跟着我在纽约定居，我们从来没回过他的故乡。他倒是更想当一个中国人，想跟着我回中国，而不是回苏格兰。

婵：真对不起，没想到我请他写评论成了这个结果。

音音：我不知道他在苏格兰的地址，我都不知道他在苏格兰家里都有什么人！

婵：他是一个非常好的人，你们俩非常般配。你真幸运，有这么好的一个男人和你在一起。我希望他马上回来。如果你觉得孤独，可以搬到我家里住，我也可以搬到你家里陪你。我们是好朋友，你不要见外，我可以永远陪着你，我的一切都可以是你的。

婵过来拉着音音的手，音音把手抽出来，很客气地冲婵微笑了一下。

音音：对不起，我想回家了。我没想到，艾德的存在对我这么重要。现在我满脑子都是他，真奇怪，他老在我身边转的时候，我真希望他能让我喘口气，但是，现在他没了，他成了我生命中最重要的人。让我自己想想吧。我觉得他也对不起你，怎么可能在没看演出的时候就走了呢？事情应该做到底，这很不像他的性格。

婵：我知道在感情受到挫折的时候，朋友是最重要的。现在我是你的朋友。

音音：可是现在我喜欢一个人呆着。我走了。

她站起来，不愿意让婵跟着一起出来，留下自己的咖啡钱，飞快地跑出书店，叫了出租车回家。

迷恋·咒
LOST IN FASCINATION

6

第 六 章

假迷恋和真迷恋的区别……

1.

就在婵回到纽约的几天前，有一个她最不愿意见的人到了纽约。他的名字叫荆绶。

荆绶和他的名字发音一样，很瘦，穿着婵在法国给他买的名牌西装，提着婵在法国给他买的名牌行李箱和手提包，来到了纽约。

荆绶先把自己安置在离婵住所不远的小旅馆里，然后开始给婵打电话。婵的家里没有人接电话，他就天天打，从早打到晚，直到婵回到纽约，进门的时候听到了他的电话。

婵回到纽约后的第二天，荆绶就出现在婵的家门口。婵打开门后，荆绶走进来，此后就再没出去，基本上是搬进她家不走了。

荆绶的到来足以让婵忘记艾德的失踪和音音的沮丧。她没工夫在乎艾德了，就算是艾德对她失望了，觉得她没魅力了，又怎么样？反正艾德已经把写出来的有限的文字都交给她了，并且同意她随便使用。现在她面临的是更大的麻烦，荆绶的到来是要求她履行自己诺言的。在法国时，她曾经答应过荆绶，如果荆绶能帮助她完成她的传记，她就和荆绶结婚。现在荆绶真拿着传记来找她了，要求结婚，否则写好的传记就会从电脑上被删了。

荆绶用执着的眼光看着婵：你难道忘了咱们在你巴黎的卧室里是多么缠绵吗？你忘了你说过一刻也不愿离开我，所以求我给你写传记吗？你说这是我们完美结合的最佳方式，就是让我通过这个传记彻底了解你。你忘了我彻夜不眠地听你说你一生的经历吗？我相信你，所以留在法国给你整理传记，没想到你到了纽约以后，什么音讯都没有了。

婵基本上不说话。任凭荆绶在房间各个角落翻来看去。

然后荆绶以前男友的身份占据了婵的卧室，婵还是不说话。夜里，他搂着一动不动的婵睡觉，白天，婵走到哪儿他跟到哪儿，来回用不同的口气说：结婚吧？我太爱你了，你难道不爱我了吗？你这么冷淡是为什么？你这么快就忘了我？忘了你和我的契约？别让我对你失望，否则我会毁了你的传记。说吧，结婚还是毁了传记？

怎么能不结婚还能得到传记？成了婵每天面对的智商测试题。在完全无奈的状况下，她想出一个自己都觉得荒谬的理由来：不是我不想和你结婚，你知道我周围有很多爱我的人，你得等我去一一把他们都摆平了。

荆绶：但是除了我，还有谁能是你生活中最重要的人？在你先生死后，谁给你带来新的希望？是我。谁让你感到女性？是我。而且我还能给你写传记让你进入世界名人史册。当然，你身边一直有黛安，是她的音乐使你成为今天的你。但是她早就是你的过去了，你们在年轻时候的那种恋情是不成熟的，那是你们两个孤独女孩子玩儿的感情游戏，那不是一种成熟的关系。现在你还有谁？只有我。

婵不说话。

荆绶：如果你怕黛安伤心，我可以马上给黛安打电话，我知道她也从法国回来了，我和她解释。她是你的朋友，肯定也希望你的传记能发表，好让全世界都知道你们俩的音乐吧。

婵不说话。

荆绶：你不说话对谁都没好处，你的传记在我电脑里，你肯定比我更在乎是否发表。

荆绶拿起电话。

婵说话了：其实我跟你结婚，谁都不会在乎，你给黛安打电话也没用，我最近是有麻烦，顾不上结婚。

荆绶：什么麻烦？跟男的还是跟女的？我能帮你解决吗？

婵：你不认识这些人，我也不用你帮忙。

荆绶拨通了电话：哈啰？黛安？我是荆绶。我已经在婵这里住下了。对。你知道，我告诉过你，我准备和婵结婚，但是我们都想和你聊聊。现在。对。你知道她最近的生活吗？你知道她现在又有新朋友了吗？你知道她最近有什么麻烦吗？你不知道？好，你现在过来。我们聊聊。

荆绶放下电话：好，黛安说她马上就过来，你跟你的老朋友坦白吧。你知道，我的性格是什么都能宽容的。

婵不说话。

没多久，黛安就到了。她是个瘦高的欧洲女子，一头金发，面容清秀。

黛安见到婵，亲切拥抱接吻，表示了她们之间无须隐瞒的亲密关系。

黛安：我刚从法国回来，还没来得及过来，今天正好也来看看你们两个人。这里的气氛有点儿紧张，怎么回事？

她看着婵：你看起来脸色不好。没休息好吗？这次巡演好吗？我没有跟着你去，希望你是很成功的。

婵：我还好。你和荆绶说吧，他非要和我结婚。现在叫你来了，不知道他要说什么。

荆绶：黛安，你知道我和婵的关系，你也知道我知道你和婵的关系。现在我想要知道你和婵还有没有关系，这样我和婵的关系可以进一步地发展下去。

黛安：你知道我和婵就是一种永久的特殊关系，是从青少年时代的闺密，但这不影响你和婵发展关系。

荆绶：但是婵说，她因为有了另外的朋友，新的麻烦，不能和我结婚。

黛安：这我还没听说呢。麻烦肯定不会是我，你知道我和婵的关系是很特殊的，但是不会影响她和任何人结婚。那麻烦是谁呢？

荆绶：她不想让我知道，你知道吗？

黛安：我当然不知道。

黛安转问婵：是不是那个跟着你去巡演的艾德？

婵摇头。

黛安：那么是艾德的女朋友？那个钢琴家？

婵沉默。

黛安：是什么麻烦呢？你睡了他们俩？

婵摇头。

黛安：他们两个都爱上了你？

婵沉默。

黛安：还是你睡了那个男的，还同时勾引那个女的？或者是睡了女的勾引男的？然后他们打起来了？

婵沉默。

黛安大笑：这是多传统的法国闹剧！不过我没看出来这能影响

你和荆绶结婚呀。但是荆绶，现在你是她的什么人呢？

荆绶：我曾经是她的男朋友。将来是她的丈夫。

黛安：为什么？你们已经多长时间没在一起了？我好像觉得你早就不是婵的男朋友了。

荆绶：我们没有在一起的原因，是因为她让我给她写传记！我就老老实实留在巴黎给她写传记，没想到她到了纽约，完全就不想要我了，但是她想要我写的书！这不可能，我不能这样被利用了，她得答应我，和我结婚！

黛安：荆绶，以我知道的婵现在的财力，她完全可以买任何一个作家为她写书，她没有买你，可见是对你很看重的，可见你们以前的关系很不一般，你这样逼她反倒毁了你们的友谊。

婵突然说：他从来就不是我的男朋友，是他强奸了我！

她的眼泪在眼眶里转。

荆绶：小姐，你多大了？我怎么可能强奸一个成熟女人？你又不是不认识我！你说过你感到我的触摸非常性感，你说过每次见到我都依恋我的温柔。难道你享受完我还告我强奸不成？那你还不如直接花钱买我的文章算了，我也算没亏本。

黛安：你亏什么了？

荆绶：管写书还管睡觉，却得不到爱情，反告强奸，我亏大发了。

婵：我没有利用你。

荆绶：你当然利用了我，你还利用了很多别人，只不过我不认识他们！我也不知道你这对新的朋友是不是你利用的对象？

黛安：到底是什么麻烦？婵，说呀。

婵：艾德的女朋友叫音音……

黛安：你和她有了什么关系？是爱情关系吗？

婵：不能怪我，是她单方面的……

荆绶：难道她也强奸了你不成？

婵：她喜欢我，因为喜欢我，把她的未婚夫艾德也介绍给我，让他义务为我写文章。本来是很美的关系……

黛安：这太伤害我了！难道你忘了我和你之间的美好吗？你为什么早不告诉我？

婵：你不在纽约呀！再说这是我的自由，而且我和音音之间不过是柏拉图……

黛安：那你和艾德呢？

婵：艾德失踪了，因为爱我离开音音了。

荆绶：你和这两个人的关系对你有什么好处？他们又没有给你写传记！

婵：我出大价钱买你的传记。行吧？

荆绥：现在我还真就不卖了。

黛安：你不和荆绥结婚我能理解，但是我不能理解你对这两个人的感情。他们和你的音乐有什么关系呢？你想改变你的音乐风格吗？别忘了，是我制造了你的音乐形象，你不可能变成音音。我认识你这么长时间了，只有我知道你可以做什么不可以做什么。这些你新认识的朋友对你不过是好奇，他们并不了解你，等他们了解了你，他们不一定真的是你的朋友。他们没有经历过我们共同经历过的那些日子。你明白吗？不同经历的人是不会互相了解的。一个人的历史造就了一个人，我造就了你，你的丈夫造就了你，荆绥将会用他的写作接着造就你，而不是那些曼哈顿的人。你想过吗？

婵：但是音音的音乐那么自由，可以让我感觉到另外的我，可以摆脱你们两人对我的感情要挟！

黛安：你真以为音音这样的人会真爱你吗？她不过是不了解你，一旦她了解了你的真相，她绝对不会对你这样的人感兴趣的！她的未婚夫已经被你利用完了，将来她知道你不过是在利用所有的人，她会恨死你的！只有我这种老朋友可以容忍你的所有弱点，无偿地爱你。别人不可能的。

婵眼睛里充满了泪水：我永远以善良待人，从来不利用人，不相信所有的人都会误解我。

荆绶：如果你不和我结婚，就是不善良的，你当初说过你离不开我，你答应过我，说如果我写完了你的传记你就会嫁给我，现在你千方百计甩开我，编个荒谬的爱情故事来唬我，你能说自己是善良的吗？

婵：一个人感情上的选择没有什么善良与否可言，我当初喜欢你，接受你，没有说过永远。

黛安：婵，你知道当你处于低潮的时候，你是一个非常可爱的人，每次你的情况开始变化，你就开始变化。

婵：我永远追求更完美的真实，这没有错吧？

另外两个人开始沉默。突然，黛安摔了门走了。荆绶跟着这阵势，收拾了箱子也离开了。

2.

　　安静下来，婵突然明白了一件事情，她刚刚失去了两个在她生活中最重要的人。她对音音的了解并不深，艾德这个关系也很快就结束了，黛安是对的，音音的音乐不是婵要的，音音也不会写文章，只有荆绥和黛安才是她目前生活中最实际最重要的人。如果她失去了黛安的友情，就失去了事业的奠基；如果她失去了荆绥，就失去了未来的光辉。而音音那显然已经凉下去的友情，对她还有什么具体的用途？她自己都没想到，她是真实地喜欢音音。虽然她以利用艾德的方式开始了这一段友谊，但对于音音，她不想用任何虚假的感情，她喜欢和音音度过的所有时光，没有任何目的，只享受音音对她的艺术认可。婵的一生艰难，不得不把所有的友谊和爱情最后都变成一种目的，唯有对很少的人是纯粹共同享受消磨时间的，音音是其中的一个。

　　但是她绝对不能为了一个新的朋友就这么轻易地失去黛安。她和黛安的历史可追溯到她在中国的少女时代，她那最孤独无望的年代，没有黛安的帮助，她不会有今天的成功。于是她马上给黛安打电话。

　　婵：对不起，如果我说的什么话伤了你，希望你原谅我。

　　黛安：没有人比我更了解你了。

　　婵：我没有爱上音音，我只说过她喜欢我。她让艾德给我写评论，艾德实际上也喜欢我。

　　黛安：你不喜欢他们吗?

　　婵：我不。我是为了找一个借口不和荆缕结婚，就拿他们当挡箭牌了。你知道，我不是很容易喜欢一个人的。

　　黛安：其实……

　　婵：你和我是不可分割的。没有你就没有我。但是这种话我没有对任何人说过。

　　黛安：音音从你这里要得到什么?

　　婵：我想她就是喜欢我，我想她爱上了我的音乐。

　　黛安：那是我的音乐。

　　婵：是我的演唱。你必须承认，我的演唱使你的音乐有了一种特点。音音爱上了这些特点。

　　黛安：没有我给你这些音符，你无法发挥。

　　婵：当然。但是这些音符必须是我唱才会使人难忘，音音是因为我的演唱来找我的。

黛安：那我应该认识她，这样她就知道只有我的音符造就了你。

婵：我非常希望介绍你认识她，我和她提到过你，但那时候你不在纽约。另外她对音乐非常苛刻，有时候让人难以忍受，她喜欢我，说我的音乐表现力象征着死亡，可是我知道她其实并不喜欢我这种音乐，只是喜欢我对这种音乐的演唱方法，所以我也很怕你受到她的伤害，因为你是这个音乐的原作者，只有我知道你的才能。

黛安：你是不是在拐弯儿地否定我？

婵：我没有要拐着弯儿否定你的意思。我爱你。我只是怕音音对音乐的苛求语言会伤害你。我并不爱她，我也不打算请她给我写音乐，只不过她喜欢我，我就没有拒绝她的友情。这你不反对吧？

黛安：当然。你放心，如果你仍旧爱我，你也永远会有我的爱在你身边，你可以去享受任何别的友情，你也可以接受荆绶的求婚，我都不会在意的。只要我知道，你不是在利用我。你心里只有我一个人。

婵：我没有变，和小时候一样。此时此刻，如果你能看到我在落泪，你就会更相信我。

黛安：那么，晚安吧。

婵：爱你。

两个人几乎同时放下电话，同时在电话的两头长出口气。

3.

　　艾德失踪，塞澳出国，不用排练了，音音决定改变生活方式。她从超市里买回来足够一个月的食品，放满了冰箱和所有的柜橱——大部分是罐头和非冷冻食品。然后她把自己关在房间里，不打算出门了，也不弹琴了，穿着宽大的睡袍，夜晚躺在床上看电视，白天把窗帘打开，躺在地板上看窗外的天空。在曼哈顿的楼房里能看到整个的天空很不容易，大部分的人从自家窗户里望出去不得不窥视对面楼房的窗户。看天的方法，最好是躺在地上，这种角度可以绕开对面的楼顶，看到一角天空。音音找好一个角度，把毛毯铺在光亮的地板上，摆好所有的食品，整天躺在毛毯上，看着窗外的天空，往嘴里塞点儿吃的，然后打盹。尤其是在太阳照进窗里的时候，可以照在她的脸上，要是赶上正在熟睡，她就会梦见自己是躺在海边了。

　　一天天过去，这么无所事事，闭门不出，音音发现自己是个非常乐观的虚无主义者。

　　多少天过去了，她几乎觉得忘记了时间，突然电话铃响起来。

虽然电话已经被她拖着长长的线挪到窗下的毯子边上，但是音音等电话响了很久才拿起话筒：哈啰。

是婵：你好吗？我是婵。

音音：听出来了。

婵：你好吗？

音音：好。

婵：听起来好像你有气无力的。

音音：在睡觉。

婵：现在是几点？你这叫什么觉？

音音：呵。

婵：你应该出去晒晒太阳，今天天气特别好，我刚出去回来。

音音：你不是更喜欢死亡吗？怎么突然要晒太阳了？

音音也感觉到自己说话有点儿无礼，但又忍不住想跟婵发脾气。她的女人直觉占了上风，断定艾德的出走是和婵有关系的。婵越是掩藏不说，音音越对她抱有敌意。

她问完话就把话筒放在很远的地方听婵说话，她甚至开始怕听婵的声音。

婵：我的精神属于死亡，身体属于人。

音音把话筒从远处拿过来应酬：呵。

然后又把话筒放回远处。

婵：你是不是在生我的气？觉得艾德是因为我走的？我没有让他走，也不知道他为什么走，我和他没有任何关系，真的不知道他在什么地方。咱们以前那么亲密，现在你变得这么冷淡，艾德跟我去巡演是你同意的，如果你没有同意，我不会带他去的。写评论的事情也是你同意的，否则我也不会请他的。现在你都怪我，你一定觉得是我在拆散你们，其实不是我，我没有做任何对不起你们的事情。

音音一直是伸长了胳膊，把话筒拿到离耳朵很远的地方，躺在地板上，不打算讨论艾德的事情。所以婵说的话大部分她都没听清楚。她觉得婵是在解释，但是在她的脑子里认定了婵是艾德出走的罪魁祸首。然后她似乎听到婵的哭泣声，马上心软了，把话筒拿近。

音音：别哭呀。现在该哭的人是我，你哭什么呀？

婵：我觉得自己对不起你，我不该只想着我的音乐事业。现在所有的事情都似乎在报应我。

音音：怎么了？出什么事情了？

婵：我不能相信世界上任何人，只能相信你。如果我告诉你发生的事情，你必须要尽量理解我，别裁判我。

音音：说吧，到底出什么事了？

婵：你记得我跟你提过我的音乐的真正创作者吗？我跟你提过黛安。

音音：隐约记得，我们没有多说过她。

婵：她是我所有音乐的作曲、制作，也是当初我的代理人。她是我的好朋友。没有她的帮助，我不会像现在这么自信。

音音：有这样的朋友多好呀。

婵：但是我太倒霉了。她昨天把所有的伴奏带，所有我在演出时需要用的音响资料，全都带走了。你知道我演出是不靠乐队的，全用的是她制作的音响，现在所有的音响都没了。她偷走了所有属于她的东西！

音音：属于她的东西她还用偷吗？

婵：她趁我不在家的时候，让荆绥开了门，带走了放在我这里的所有的音响，舞台灯光设计软件，然后说服了我乐队其他的创作人员，连同布景和道具，连人带物，全离开了我的团体。所有属于我的音乐现在都被带走了，她去另外开创她自己的演出事业，用同样的音乐，但是不用我唱。

音音：为什么？你们是那么好的朋友。

婵：因为我告诉她我喜欢你，但是她喜欢我。我还告诉她你喜欢我的演唱，但你不见得同意她这种音乐风格。

音音：真复杂，让她开吧，不会是一样结果的。告诉她，我在你的生活中并不重要，我不过是你刚认识的一个人，我们互相并不了解。

婵：但是她不这么想。因为我告诉她，你说是我的声音使那音乐有了意义，所以她非常生气了。她要证实没有我那音乐也有意义。她说，我的声音并不好，任何人都可以做到我的水平，她马上要开一个和我一样的音乐会来告诉大家她音乐的真正声音。

音音：真对不起，都是认识我后找的麻烦。

婵：现在我怎么办？你能帮助我重新再制作一套新的音乐吗？我会使你的音乐更加有魅力的。

音音：我不敢保证，真的不敢保证，听你一解释，我觉得黛安是一个非常有才的音乐家，她的音乐真的非常适合你。为了你们这么多年的朋友，你也应该祝贺她的音乐会。然后你们还会合作的。

婵沉默了一会儿，然后说：我听你的意见，但是你也替我想想我的音乐前途吧。

音音：好，我替你想想。但我还是觉得黛安给你作曲最合适。

婵：再见。

音音：再见。

挂上电话，音音去柜橱里给自己拿酒，边想着婵演唱时那种幽灵般的状态。她怎么想怎么觉得自己的音乐不能代替黛安的音乐，她在音乐上的所有追求都是和婵相反的。

黛安，如果她认识我，就马上能看出来我根本就不是她的情敌！

可正在这时，又一个电话进来了，是一个陌生男人的声音。

音音：哈啰？

男人：是音音吗？

音音：是我。

男人：你可能不认识我，但是我听多了你的名字，觉得很认识你了。我叫荆绶，是婵的男朋友。

音音：呵，你好，没听说过婵有男朋友，不过，这太好了。你找我有事吗？

荆绶：你没听说过我和婵的关系吗？

音音：当然没听说过。

荆绶：没听说过？好，我告诉你吧，自从她丈夫死后，在法国，我就是她的男人。我们一直都住在一起，我没跟着她来纽约，是因为我要在法国把她的传记给写完，这是我们说好的，一旦完成了她的传记，我们就结婚。

音音：那祝贺你们幸福！

荆绶：可是现在她有了麻烦，好像是因为你们。

音音：我们？谁？

荆绶：你，和你那个外国未婚夫艾德。

音音：我们怎么了？

荆绶：你们是不是爱上婵了？她是不是爱上你了？艾德是不是也爱上她了？你们把她的情绪给搅乱了，所以她不和我结婚了。

音音：我们是朋友……没有什么特殊的关系，本来是我快要和艾德结婚了，没有婵什么事。

荆绶：不对吧？她说你喜欢她，她要是和我结婚，怕伤了你，你们到底都干什么了？

音音：干什么了？我想想……我把我自己的未婚夫介绍给她了，别的什么都没干。

荆绶：她说你爱上了她，在追求她。

音音：我喜欢她，但是更喜欢男人，如果需要换未婚夫换情人，肯定再换一个男的而不是女的。

荆绶：那你就别误导婵了。婵过去是有女朋友的，她和黛安情深意长，你最好也别拆散人家。连我都不忍心拆散她们。我不过是要求和婵有个婚姻的关系。

音音：这些都关我什么事呀？女人喜欢女人，不仅仅是同性恋的特权，虽然我完全没有兴趣和女人睡觉，但是你拦不住我喜欢女朋友呀。不过，你们要是那么在意，我完全可以从此再不见她。

荆绥：好，一言为定。我听说过你是个重朋友的人，婵和我结婚对她是非常有好处的，她可以得到一本使她进入史册的传记，为了成全她这个愿望，你也应该在她的生活中消失。因为我不喜欢你和你的那个未婚夫，你们把婵彻底搞糊涂了，把她自己的背景都忘了。她的存在全靠我和黛安，而你们只能使她以为她是另外一个人。

音音：那就听你的，我没意见。让她只当不认识我们。

荆绥：那我就放心了。

4.

音音在睡觉前基本上把自己灌了个半醉，这样可以忘掉一天来的电话骚扰。同情婵，并不等于可以忘记艾德。婵，似乎有能力把所有的爱情最后都变成一种悲剧，艾德在和婵的交往中，是个什么角色？

音音半清楚半明白地想着，难道艾德真的可以为了婵而放弃我吗？为了那种美丽安静的死亡音乐而放弃我这种活生生的混乱？不过也是呀，我不是也开始同情婵了吗？我的耳边现在似乎也在出现一种安静的死亡音乐了。没有变化，不要变化，我想安睡，在黑暗中，在梦中，看到棺材是美丽女人的装饰。

早晨，音音被送邮件的人给吵醒了，因为邮件是挂号信，她得签收。接过邮件，看到上面的英国邮票，她觉得手在发抖。

别急，别急，慢慢地打开。先给自己来杯咖啡。

拆开信封，拿出一大沓纸，看到艾德的手写体，这么多页，像是一本书稿。

音音先把所有的纸张都扫了一眼，想判断一下是书稿还是情书，显然，没看到任何"我爱你"之类的字眼。她迫不及待地从第一页第一行看起，像是信，又像是日记，又像是文章：

　　我的亲爱的音音：

　　——这并不等于情书，这是惯称，不足心动。音音评判着。

　　这是我和婵在一起三天的日记，全都寄给你，你就知道这三天里都发生了什么。我希望可以向你坦白所有我心中所想，在你我之间没有任何秘密。

　　——这可以算是感情流露了，但是音音是否愿意也什么都坦白呢？她接着看艾德的信。

　　和婵出去巡演的第一天：
　　我们坐着乐队专用的大巴启程，很开心。
　　必须承认，和婵聊天，的确非常有趣。这是我在真实生活中第一次接触到这种小说人物般的女人。她说话的姿势基本上永远是一样的，声音永远是一样的平淡、柔弱、真诚，有时选字会犹豫，这种语调使人格外动心，尤其如果说的是惊心动魄的人生故事。她小时候肯定是个很可爱很美丽的小姑娘，但是童年和少年的艰苦，使她在少女时代已经心中伤痕累累。父母离异，孤独的童年，沉重的家庭经济压力，早年被强暴，少女求援般的同性恋关系，又为了物质生活而早嫁，早守寡，有过无数贪婪的情人，她能至今还保持着那种天真的眼神和美丽的肌肤，的确是令人惊讶的。她平淡地诉说着被强奸的过程，冷静但是大胆地让我看到她的身体，这种无动于衷的勾引让我不知所措。

她是那种美丽柔顺的造物，美丽柔顺但是毫无生命，当她在夜晚走进我的房间，把她自己献给我时，我似乎突然体验到自己小说中的人物了，体验到谋杀者的欲望是如何产生的。我从来是把自己的生活方式和我的小说人物完全分开的，由于距离，我可以制造出各种变态的小说人物，因为他们和我没有任何关系。但是，突然，我自己好像走进了自己的小说，看见了一个在我笔下的凶手，他正面对着一个可能会被谋杀的女人。这个女人，能引起凶手一切的狂想，心疼她，占有她，不知不觉，想破坏她。她的所有的过去和现实都能激发凶手对某种阴暗情绪的迷恋，她千疮百孔的灵魂如同我常会描写到的女人蕾丝内衣和长筒丝袜，存在的意义就是为了被撕裂，才更加动人。

她的美丽肌肤如同绸缎，绸缎的抖动，会引起剪刀的联想，和被破坏得乱七八糟分裂着的丝线，肌理七扭八歪，露出丝绸构造真实复杂的纠结。一种令我恐惧的强烈欲望袭来，我开始体验到凶手的心情，身边躺着的是一个丝绸般温柔、对男人没有任何性格威胁的美女，但当凶手开始占有她时，能感到她一边在暗暗地享受，一边在脸上继续露出被踩蹦的纯洁无辜，这种装腔作势，让凶手觉得自己的行为相比之下反倒更单纯了。那男性的强盛欲望，激发着破坏欲，为了要看到对方最真实的自我，只有给她痛苦，才能剥开灵魂的画皮。我觉得自己成为了介乎于凶手和我本人之间的一个人物，一边看着小说场景的进行，一边体验我自己那平庸的情欲。我居然有这么阴暗和平庸的心理，在这个肮脏的瞬间，我再也不是平常那个追求完美爱情和婚姻的艾德，我变成了一个被我笔下的凶手控制着的人物，充满了对蝉的性占有欲。她果真和我想像的那种小说中受害者一样，不断地小声呻吟着，似乎是在受着折磨，又似乎是在让自己咬着嘴唇绝不高叫。尽管我是那么温柔，没有一丝的暴力，她还是咬着嘴唇，让我看着她觉得自己是个肮脏的残暴者。面对她的反应，我似乎听见了我笔下的那个凶手正在咬牙切齿地准备一场谋杀的细节，而我只是看着她，不明白她为什么对情欲有如此的表现。我的本质完全和谋杀者没有关系，尽管我可以淋漓尽致地描写谋杀，但是我只能看着我的情欲对象百思不得其解，她为什么要在这个享受的过程中要把对方从始至终置于一种肮脏的地位？她分明是在享受，而不是痛苦，细小的呻吟透出不停顿的快感，但是她明显是怕自己彻底放松，怕让我看到她在享受，怕我没有内疚，直到我们最终沉睡，她却很快就缩在我的怀里，似乎要寻找一种终生的归宿。

音音看到这里，气得大叫，她发觉自己并没有自己想像的那么大度，低估了艾德的放荡，也低估了艾德在自己感情生活中的位置。她马上在脑子里给艾德判了死刑：小子，别再说你认识我。

然后她接着看下去：

和婵出去巡演的第二天：

早起，她给了我一个天真的微笑，我们叫了房间服务的早餐，然后她穿着和服式睡袍走来走去。因为放松，她开始话多了，开始发表各种对艺术的议论，希望我写进评论中。她基本上来回说的大概是：我的音乐是从心中自然流露的，没有任何启发；音乐不分好坏，都是真善美；要让世界看到我，必须通过包装；我不在乎语言审美，只要观众喜欢我，等等。她没有想到她说得越多，我越无话可说。我是个对谈话智力有要求的人，性感的审美延续中包括智商。突然，一种厌倦袭来，我不知道和她再说什么好了。她还是在不停地说，而我突然觉得非常非常地累，吃了很多的早餐，还是累。

她开始越说越激动起来，声音开始颤抖：有你的爱我就能忘记过去，否则生命只有死亡。对于我来说，每天走向音乐就是再一次走向死亡。

她神经质地在房间里来回走，摆弄着她的睡袍，问我：你在意时装吗？

我说：那要看这时尚和我自己的品位是否搭配。

她说：时尚需要思想吗？时尚就是钱，钱是死的，我也是死的，只有时尚是我的存在标志，我必须穿着最名贵的衣服在街上走，否则我不知道自己的身份是什么。这些衣服提醒我，我存在着，而不是简单地存在着。所有让我想到过去困苦生活的穷酸物质，都会让我厌恶。我不属于穷酸。

我问：你如何设想音乐？

她说：尽管我的音乐都是别人写的，舞台灯光和服装都是专人设计好的。但是我非常知道自己，知道在什么方面是我的优势，在什么方面是我的弱势。比如任何特别暴露个性的音乐我都会拒绝。只有把自己隐藏在一种完全没有个性的音乐中，我才觉得保险。所以我要求音乐格外简单，简单得一般人难以置信，加上我的服装和灯光，就有了一种窒息的效果。这就是我平时内心的状态。但是在舞台上，由于我形象的力量，使观众完全被我征服了，他们以为这种简单中有很多的东西。

她接着说：简单中的确是有很多的东西，在我的简单的音乐里，对不起，我说音乐是我的，是因为只有我能够让那种音乐成为一种东西。那种简单声音的力量，包含着我的抑制力，我一生的痛苦。一棵死草，它存在和死去的时候都不被注意，但是它包含了太多的痛苦和美丽，只有我会去注意它。只有像音音那种人会去追求思想，我不追求审美思考，虽然我看起来非常时尚。所有的事情只是如何存在，大多数人反正不会明白意义，只是在看新鲜，完全没有必要去费自己的脑子追求审美意义。

你看着我的样子，以为我选择吗？我就是喜欢逛店，昂贵和稀有，是唯一的标准。如果我的衣服颜色不对了，当然灯光师会告诉我，这是我的幸运。但是我有一点非常明确的追求，几乎可以是我的人生哲学，只要我的衣服是稀有的，我这个人就是稀有的。

她在放松的时候，说个不停。

我突然又想起了最初对她的印象——一个非常懂得如何包装无知的人。她这种特征是很多出色的娱乐人具备的，附在各种不同的生命上，比如别人的音乐、别人的舞台设计、别人的时尚设计、别人说的话等等，她的本质透过那些生命的媒介显得更加光彩。她最好的状态其实就是不说话，让音乐作为唯一表现她存在的媒介。

我们走出旅馆，在室外，她举起照相机，给我拍照。看着她的镜头，听着相机快门的声音，我醒悟到自己在前一天是陷入了一种所谓的假迷恋，如同很多男人，以为发现了什么，走近了才看见是一片废墟。除了她过去的童年苦难她什么都没有，也许她在经历那些苦难的时候就已经死了。

又如同看见自己小说中的人物，在设法摆脱迷恋后的困境。当然现实中的我不是用谋杀来摆脱，而是当个小男人逃跑。

和婵出去巡演的第三天：

我真后悔答应音音帮助婵，现在显然走进了婵的一个拙劣圈套，她用诉说苦难来引诱所有人为她服务。

还没看她的演出，就已经把评论写完了，仅仅三天的时间，我已经完全对她失去了兴趣。当然评论中尽量说她的好话，然后去她的化妆室把评论交给她，我想尽快离开这个地方。

　　她再次把自己包装得精彩妍人。最新时装衬托着她苍白的面孔，再次显出谜样的诱惑力。

　　她最好的状态就是不笑，没有表情，疑问般的眼光；最好的前景就是永远不要剥去这些华丽的外衣，永远不要暴露任何她的真实。我看着她，再次看到我小说中的凶手也站在她的对面。对于真正的谋杀者来说，拯救她的方法并不是终生厮守在她身边听她的无聊叙述，而是让她的可怜灵魂立即摆脱肉体获得重生的机会。

　　我也通过她认识了自己，我是个非常自私、没有任何忍耐力和慈悲心的人，我不会杀人，但是也不会承担愚蠢。我想在女人身上得到的是同等的活力、生命和智慧，是平等的生命和灵魂的交换，而绝不想把自己放进同情和忍耐的死海。

　　我把评论交给婵，但是没等到音乐会就走了。

　　我看到我小说中的凶手也跟着我离开了婵。

　　然后我和我小说中的凶手开始对话：

　　凶手：你真无聊，我如果来这里还可以理解，不明白你在这里干吗？

　　我：至少，此行让我懂得了你。你由于迷恋而去谋杀的理由再不是空洞的了。

　　凶手：你明白什么了？

　　我：很多谋杀者是迷恋者。由于迷恋某种样子，引申到迷恋某个人。但人不是画，身体中也许藏着和外貌完全相反的灵魂，灵魂发出声音，伴随语言或无语言，可能动听，可能丑陋。声音加重了迷恋者对迷恋对象的感觉，也可能会深深伤害迷恋者的耳朵。丑陋的语言，愚蠢的思想，难听的语调，无聊的内容等等，都能尖锐地刺激到迷恋者怪癖的神经，以为要追求完美，甚至有了谋杀的企图。

　　凶手：对于迷恋者来说最不能容忍的就是看到自己迷恋的对象有过多的蠢行，蠢行可以夸张人的生理弱点。当迷恋者厌恶了对象，放弃感代替了占有感，就有可能用谋杀来摧毁那无法摆脱的上帝缺陷。但是像你们这种没有资格当谋杀者的大多数俗人，你们的迷恋情结又是怎么回事？

　　我：对于我这种俗人来说，迷恋只不过是一种不可摧毁的空洞情结，迷恋上任何人或物，都可能改变命运，但最重要的不是结果，而是兴奋的过程。真正的迷恋是会使人付出生命的，可能没有任何意义，只是为了一种不可医治的情结。迷恋，可能就是一种高度文明的病态，说好听了，可以说成是凝练智慧的过程。迷恋使很多人的行为成为经典，尽管真正的迷恋情结基本上就是一种自杀行为。

凶手：自杀？把你说得比我高尚了，宁可自杀也不谋杀？削足适履，你有那么高尚吗？说说你做的什么事情可以算成自杀？

我：当然，为了某种迷恋去折磨自己的生命，就是最典型的爱情自杀。缓慢而幸福，最后怎么死的都不清楚。我觉得自己对音音就属于此种爱情。比如每天坐在她的对面听她练琴，绝对不能算是一种享受，大部分的时间那些声音就是对我神经的残害。但是我把音音这个人的所有一切都包括在自己的生命进程里了，她日常生活的内容、她的缺点、她的音乐噪音……最不幸的是，她完全忽略我这种牺牲。

凶手：哈哈，如果是我，我先要杀的就是这个女人。

我：你是我创作出来的，所以你不可能杀你主人的命。音音是我的命。尽管她和很多别的女人一样，喜欢浪漫，随意对旁人产生恋情等等，但是我坚信我和她之间的命运联系，所以完全由她去。没有人可以像我这样偏执地迷恋她，别人和她之间的轻松恋情会顺着生命的随意发展而自然消失的，而我对她的迷恋只能随着生命的发展无限夸张起来。迷恋必须是偏执的。

凶手：如果她看不到你对她的痴情，说明她只是个一般的女人！

我：这个我没教过你，当你用偏执的迷恋爱着一个女人，你会忘记她本身是什么人。

凶手：但是一个人一生会迷恋多少令人失望的对象?! 怎么能知道哪个是你的命呢?

我：如果迷恋很快能消失，那只能叫做假迷恋。假迷恋也可能是非常兴奋的，但很快就会变成失望。

凶手：那你为什么在小说里没有给我安排一些真的迷恋情节? 让我也体验一下，我不就成了一个更深刻的凶手了吗?

我：你做得到吗? 找到一个真迷恋的对象，给自己的情结找到一个内容，让这个内容长久呆在情结里。

凶手：比浪漫更极端，更……

我：固执。

凶手：爱情和迷恋相比……

我：显得平淡。

凶手：假迷恋和真迷恋的区别……

我：飞快放弃和死缠烂打的区别。

凶手：无论真假都不是真的……

我：迷恋是个到处游移的情结，永远等待着内容。

凶手：那你干吗不好好享受你现在的内容？

我：音音？她是活在自己的世界里，迷恋着她自己，无视我的存在。

凶手：你真比我惨多了。

……

艾德的信就写到这儿。

音音的脑子开始跟着艾德的迷恋理论打转：我是他的迷恋主题，那我的迷恋主题是谁？是不是就是我自己？我对艾德和塞澳，哪个是真迷恋？哪个是假迷恋？什么叫永久迷恋？永久迷恋和永恒的爱情有什么区别？看来我对爱情的要求还只是缠绕在最基础的浪漫情结里，一点儿也不偏执。我没有别的女人那种家庭意识，也没有艾德的迷恋怪癖，我只喜欢玩儿智商游戏，包括情感也是智商的较量，也许这是我的怪癖。冲着艾德的行为，理当和他分手，但是冲着他的迷恋理论，倒是让我觉得有点儿好玩儿了。我们两属于同样一种混蛋，除了彼此，谁还能接受我们这种无聊的自作聪明的smart ass

夸夸其谈呢？本来我差不多已经明白了自己真正爱的人就是艾德，但是这个混蛋的作为真是让我难以原谅。比如寄来这么一大堆文稿是什么意思？是坦白还是成心气我？一边显摆他风流，一边表示为我而死，还穷谈什么迷恋破理，这是什么鸟人？是求爱还是找抽？

迷恋・咒

LOST IN
FASCINATION

⑦

第 七 章

有一种杀人的方法大家还没发现：貌似谐和的声音。

1.

音音买了棵树回家，想开始培养自己的专注和专一情感，如果树不死，艾德就能回来。她每天盯着树发呆，生怕树叶子发黄。正沉浸在这种新的生活内容里，塞澳来电话了。

塞澳：音音？

音音：塞澳？你怎么了？你的声音好像变了？

塞澳：我回来了，但是起不来床……

他的声音是沙哑的。

音音：出什么事了？

塞澳：我就是希望尽快能见到你，和你好好聊聊。

他嗓子哑得出岔儿成和声了。

音音：等着我，我马上到。

音音跑出去叫了出租，一路催着司机抄近道，心里想，我刚定下心来，这下生活又乱套了。但是，一夜的情人可能就是一世的朋友，这就是命呀。

到了塞澳住的地方，噔噔跑上楼去。又想，上次半夜来发疯，怎么没觉得这楼里这么黑呀？怎么好像台阶也高了似的？

塞澳的公寓门为了音音事先打开了，等音音进了房间，见到塞澳，更是出乎意料。塞澳瘦得像个鬼，一双大眼睛睁得溜圆，好像有什么东西在里面撑着，叫他眼皮合不上，眼球布满血丝，眼光充满恳求，像是一个垂死的人希望得到赦免。

塞澳：我已经将近一个月没睡觉了。

他美丽的身体半裸着在被单下，露出的肩膀明显消瘦了。

音音：啊？那你还活着就不错了。到底出了什么事？你走的时候还是挺兴高采烈的。

音音很自然地坐在他身边。

塞澳：现在我最希望的就是睡觉，但是似乎永远也睡不着，你能和我坐在一起把我聊死算了吗？

他的眼神异常温柔。

音音：好，我就坐在这儿，你想说什么都成，就拿我当块海绵。说吧。

音音更像是一个老大姐。

塞澳：我困死了，要是说完了真死了，也值了。

音音：别这么想，我给你倒些热水。放松。

她站起来去烧了一点儿开水，端过来。

塞澳接过热水，喝了一口，看着音音：别笑话我，当我的朋友，至少你知道我经历过什么。为了摆脱你，我去了非洲，你肯定会说我选择了最陈词滥调的逃避方式，就是去海边度假，听海水声音。你记得我们在一起排练的时候说过……

音音笑：海水发出来的声音都是噪音，只有吃饱了撑傻了的理想主义者，会把大海与和谐观念往一块儿拉。

塞澳：我同意你的说法，但是我还是去了非洲的海边儿。我去听海水的振荡，听海浪扑向岩石沙滩的暴躁，听鱼蟹贝壳在水里摇动的纷乱，听海风的呼啸，听所有不同物质不同运动的振动频率共同产生的噪音，那真是一个巨大的不谐和磁场。

塞澳用长长的胳膊和手指比划着，好像躺在床上的舞蹈。

音音：哎哎，开个玩笑，你当时干吗不跳海算了？

其实她心里惊讶塞澳怎么可能把她说的话记得那么清楚。

塞澳：别让我笑！我现在连笑的劲儿都没有了。

音音：我以为你笑笑，就困了呢。别太认真了，你就睡着了。

塞澳：你听我说，请别打断我。

音音：好。

塞澳：海水的不谐和声音是空洞的，空到了可以吞下去一个人全部的身体和思想。想像一个巨大空洞的声音可以包含一个人全部的欲望和冲动，包含所有思想的启蒙，这就是诱惑力，巨大而不清晰的诱惑力，让人以为海可以替你思想，替你解脱。其实自然什么都不能代替，而就是一种麻醉剂、止疼药。海水用杂音表示理解，把人卷进它的振动，来宽恕和思想，以为这巨大的振动也包含了你所有思维类型的振动频率，以为它最理解你。但其实等你一离开它，就发现你的思维还是一样的糊涂，因为你自己不产生那种使多种思维可以共同振动的能量。离开了海浪的振动，你自己本身的振动频率只能局限到让你从一个头绪想到第二个头绪，花了很长时间可能想到第三个，再想多了就累死了。这就是我陷入的困惑。我去海边找自我，以为找到了，结果回家来还是一片空白，听音乐狂想，喝酒吃药，跑步，临时增加自身的振动频率来寻找更多的自我，更多的答案，但是什么都没找到，只落下一个失眠症！

音音还是笑：我听你说，觉得可以再发展出来一个新作品了！但是千万不能以为海浪就是你的思想，我们谁有海深呀？到海边皱眉头的人都是浪费表情！哈哈！你笑呀！我是在和你开玩笑，你太紧张了，想得太多了，放松一点儿，你就睡着了。

音音开始抚摸塞澳的额头。

塞澳闭上眼睛：你是不是觉得我说的话太傻了？我从来没有这么认真思考过什么，所以一旦思考起来，就没有头绪。你知道我的乱七八糟的想法是从哪儿来的吗？就是，不能和你在一起，是我人生最大的失望；和你在一起，是我人生中最大的痛苦。

音音吓了一跳，无言以对。她看着塞澳，开始摸他的脸，理他的眉毛。然后慢慢说：其实我也正在经历非常复杂的感情挫折，如果不是因为这些复杂的感情经历，我们的关系应该是非常轻松、亲密的超级朋友关系。我非常喜欢和你在一起，可以说，我爱你，否则我们不可能在一块儿的时候有那么多激情。所以你一打电话我就来了，但是你要是看着我痛苦，还叫我来干吗？

塞澳：你笑话我吧，我有过那么多女人，可以轻易地结束任何关系。你可能根本就不会相信我说的话。你听着，趁我现在困得头脑发昏，说什么都没有顾虑，如果要是在我脑子明白的时候，我绝对不会跟你说明白我心里想的，这对一个男人来说很丢面子。但是我现在反正脑袋是晕的，可能快死了，就顾不上面子了。没有你，但是有过你，对我来说，都是一种自杀。我在非洲和各种女人做爱，希望通过疯狂的欲望把你给彻底忘了。但是没想到，得了失眠症。这不是一般的失眠，我完全不能睡觉，坐立不安，心惊肉跳，觉得有什么情绪在我身边让我不停地兴奋。刚开始，我试图用海水声来治疗，让杂乱的思想和混乱的海水声一起涌动，就像是你的演奏，用杂念和噪音来给我的脑子按摩。我相信你的那种音乐理念——最完美的境界就是噪音集合的地方，因为天堂和地狱之间的墙都被拆了。你和艾德怎么可能在一起这么长的时间？艾德能和你在一起，真是不容易。他的脑子肯定像个马蜂窝，一个坑里装一种思想，什么情况都能应付，所以他能写书也能应付你，但我不是作家，我不过是个自由的舞蹈者，我一辈子只重感觉和自由。认识你以后，你说的话，你的音乐，在我脑子里成了一堆声音……

音音微笑：噪音。

塞澳：对不起，如果是噪音，就是最美丽的噪音，最有魅力的噪音，是印度的音乐女神萨拉瓦提 (Saraswati) 发出来的声音。

音音：咳，困成这样还知道拍马屁？

塞澳：是真的，你的声音，你的磁场，无论是谐和还是不谐和的，对我来说，都是一种非常强烈的笼罩，这种神秘的磁场也许让作家们充满兴奋和好奇，但是对我来说，好像在蜇咬我的自由灵魂，虽然你对我没有任何要求，但是你的磁场把我捆得死死的。我很害怕我会被你的磁场给摧毁。

音音：对不起！我真的对你没有任何的要求，只要求你完成这个作品！

她最后一句话带着玩笑的口气。

塞澳：我也得说对不起，我活在一个更矛盾的世界里。现在好像满耳朵里都是声音，浑身都是情欲，但是虚弱无力。

塞澳没有笑的情绪。

音音：我真是太对不起你了！我能做什么来帮助你？不是用我的情欲磁场，而是用我的友谊磁场。

音音忍不住要自嘲。

塞澳：非洲人说是鬼缠身，但我没在非洲接受驱魔仪式，我怕驱了魔连我的命都要了。我只想在死前再见你一面。

塞澳的神色格外的认真，完全不受音音玩笑的影响。

音音很想亲吻他，但是怕这样一来他就更睡不着觉了，并且最近对艾德的怀念，让音音更愿意当心自己的举止：你别说得这么浪漫吧，你离死还远着呢。

她又用调侃缓解塞澳的认真。

塞澳只咧了一下嘴算是笑。

音音让自己更安静下来为塞澳着想，她想到平时自己最喜欢琢磨的音乐能量和磁场的效果，沉默了一会儿，她很认真地说：让我想个办法来给你催眠吧，也没准儿咱们自己就可以做个驱魔仪式了。干脆，我们把《生命树》的排练变成给你举行的驱魔仪式吧，我试着用最干净的声音把你身体里那些噪音给赶走。对，我去找所有的音乐家朋友来演奏，好像输血一样，把干净的振动频率输给你，你就

185

会放松下来了。

塞澳：听起来这主意不错。你真是我最好的朋友，我真对不起你，《生命树》的项目还没做完，我反倒找了这么多的麻烦。

音音：别担心，和你在一起的所有时间就是我们的《生命树》的创作过程，我们俩在一起的合作就是《生命树》的证实，这项目不光是为了演出的，而是我生命中的一个重要阶段。如果我真能让你睡着了，比什么演出都重要。

塞澳：你真懂得怎么做仪式吗？

音音：我又不是宗教领袖，怎么知道仪式？但是音乐本身就是仪式。我相信好的磁场，如果所有人都希望给你他们最好的磁场，你就有了另一条命；如果我请来的音乐家们都把自己最纯净的音乐磁场给你，你不仅能镇静下来，而且会很快恢复健康。我还相信，在抽象的意义上说，在没有任何独占的概念上说，我爱你。这种爱就是磁场。

塞澳：我也爱你。噢，也没有独占的概念。

两个人会心地对笑，手拉手，手指紧紧交叉在一起，沉默了一会儿，然后紧紧拥抱，但谁都没打算像情人那样接吻，这就是友谊的信号，两个人同时发出了这个信号。

2.

音音在去旧书摊的路上，没想到会迎面碰见婵。

两个人面对面站住，打招呼。婵穿着由五层很薄的不同颜色细纱组成的连衣裙，最里面一层长得拖地，外面一层比一层短，风一吹，她像降落伞一样鼓起来，但是神色格外沉静。音音上身穿着白色针织衫，下身随便地裹着一条非洲手织裙布，露出晒黑的细长小腿，光脚穿着皮拖鞋。两个人的装扮审美截然不同，但是目光相遇之后，神色都露出母狗般的警觉。

音音：你好吗？

音音用冷漠的口气表示关心。

婵：我实际上不好。

婵用坦白的眼神露出哀怨。

音音：对不起，我最近太忙没顾上给你打电话。

音音一条腿稍微后撤了一点儿，用动作在心理上和对方拉开距离。

婵：你还记得你曾答应过给我再创作一套新的音乐吗？

婵似乎感到对方的冷淡，但是用强装着的微笑来缓和局面。

音音：对不起，我现在实在顾不上了。

音音还是保持着距离。

婵：你要是再不给我，黛安马上就开她的音乐会了。

婵仍旧保持着坦白。

音音：没关系，你们是老朋友，你就让她开她的吧。

音音决定坚持冷漠。

婵：她现在已经开始宣传说，她是我所有音乐背后的制作人，由于我，她的音乐被扭曲了，这次她自己的音乐会将要向观众显示这些音乐的本来面貌。

婵用公开求援来表示友好。

音音：没关系吧，你已经给了那些音乐另外的灵魂。

音音漠然处之，打算绝对不上套。

婵：她到处对人说我没有声音，要我没有用，所以她完全可以自己把音乐会做下来。但是那些音乐是因为有了我的声音和我的形象才使人们注意到的，你想想，没有我，那些音乐能是什么样的？会是非常平庸的。

婵开始失控地诉说了。

音音：她也会有她的风格吧。

音音还是依然做局外人。

婵：现在她已经得到了最主流的评论。我只不过刚刚有了艾德的文章，和到现在还没发表过的传记。你看，这么快，我就成了过去，还没开始，就成了过去。

婵仍旧用坦白靠近。

音音：既然你曾经爱过黛安，你就让她得到些她要得的吧。

音音用话弹击，迫使婵后退。

婵：我从来没有爱过她！谁说的我爱她？

婵被刺激后的反应就用推卸。

音音：是一个叫荆绥的人。

又用话弹击。

婵：荆绥给你打过电话？他是疯子，不要理会他。

又用推卸。

音音：但是他还是为你写了传记，你还是得感谢他吧。

转换立场。

婵：是他自己要写的，是他强奸了我，求我收留他为男友，说他可以为我写传记，我是在帮助他。为什么我周围的人都是小人，都不是善良的人？

让自己变弱者。

音音：我觉得他们都不是坏人，只不过他们都是为你服务的人，想用服务换点儿你的感情而已。

用中立保持距离。

婵：他们应该知道我其实不需要任何人！他们所谓的帮助都是我允许的，允许他们用这种方式来靠近我！

被逼在死角上就得用傲慢的长剑。

音音：嘿，我以为我是世界上最自恋的人，你的自恋更没谱儿了！是你要求我请艾德帮助你的，然后是我说服艾德去帮助你的，艾德给你写文章基本上是因为我逼他的，你不能说艾德也需要你、我也需要你吧。我们俩不过是都喜欢你。

用冷静的清晰。

婵：喜欢就是需要。而且，艾德是爱我，他爱我，才会为我写文章，这你不知道，现在我告诉你吧，这也是他爱我的机会。但是我不在意他和我亲密，这还是看你的面子。

用性感。

音音：他干了你，得谢谢我，是吗？

用刻薄。

婵：你太误解我了，看来你也不理解我，如果你觉得我是在利用所有的人，你也太不善良了！你和所有别的人一样，表面看来友好、美丽，其实你完全没有任何对人的善良和理解，没有对女人的同情心。你看不到我永远是爱情的受害者，却用社会的一般准则来判断我。我不能阻拦男人对我的迷恋，不需要任何心计，他们就要为我献身，为我困惑，如果他们能为我做一些事情来换取一些感情的补偿，是我的错吗？他们想帮助我其实是在拯救他们自己。艾德爱你，是因为你的才华，但你不是个女人，我才是女人，所以艾德也爱我，我比你更含蓄，更女性，通过我，他才懂得什么叫阴性。

撒开了说让胜负难辨。

音音：阴性？你是指的阴间还是阴道？

讥、嘲、讽。

婵：我不像你，我不会用说脏话取胜。我再三告诉你，他们不是帮助我，是我在让他们为我做事的时候，拯救他们自己。用他们的作品生育出我们共同的孩子。

女、女女。

音音：你和艾德用作品生出来的孩子也打算让我赞美吗？你们俩生下来的那篇文章名字应该叫"满拧"。

用蔑视。

婵：艾德的文字你没有看到，尽管他对我的爱情是矛盾的，但他为我写的文字是世界上最美的。

用阴柔。

音音：但是将来你也会为了要求更大的帮助，来诋毁艾德。黛安在音乐上帮你建立了形象，你为什么生怕她建立她自己的名义？你如果当初就不愿意和荆绶在一起，为什么用结婚哄骗他给你写传记？

用人性准则。

婵：请别用社会道德来衡量我好不好？你别以为我没有你们那种教养和才能我就是个一般的人。尽管你和艾德都喜欢我，但其实你们都不善良。你们自认清高，说话尖刻，思想疯狂。你看起来美丽，但总是对人有尖刻的判断，完全不愿意理解别人的苦衷。你也别用那种精英准则来判断我，我的准则比你的要智慧得多。你以为我真的羡慕你的才能和在乎你的审美吗？人活在这个世界上都是有报应的，报应不分高低贵贱，教育或智商，有很多惩罚是专门备给自以为聪明的人。你等着吧。

用诅咒。

婵的脸冷漠得如同白纸。走了。先收住话头，晚上回家告诉自己就是上风。

音音埋头走向自己要去的旧书摊，出门时的那种懒散心情全没了，后悔没穿跑鞋和运动裤，这样可以快跑着去买书，把刚才的场景给忘了。到了旧书摊，她设法把精力转移到旧书里去，但是看见所有的书皮上都有一张苍白的女人脸。

3.

黛安在演出前的一天，非常吃惊地收到了婵托人送来的鲜花、祝贺卡和一个录音光盘。光盘封面上写的是英文：withlove(满怀爱意)。黛安的心马上软下来，迫不及待地将光盘放进了家里的专业音响设备，于是满屋里都响起一种奇怪的话语声。是婵的话语，但是没有任何内容。

婵在反复地说一种谁都听不懂的话，没有任何意思，不属于任何语言范畴。她的说话腔调很像是一种叙述，似乎要说出多年前和黛安相识的时光，但语不成句。这使黛安非常想听下去，希望至少可以听懂一些词，猜出一些意思来，或许是中文，或许是法文，或许是英文，但没有一个词是她熟悉的，据黛安所知，婵不会说别种语言了。黛安开始恐惧，觉得婵说的话很像是一种鬼魂语，或像鬼魂附体的人在自言自语，仔细听什么都没说，不仔细听好像说的都是真言。越听越毛骨悚然，越听越压抑，但还是忍不住要听。婵的声音年轻温柔，把黛安带回到过去的日子里，那些她和婵之间最初体验禁果的纯真时代。她的鼻子发酸，不是因为听懂了什么，而是

你要求我改变，等于想和你自己结婚。

1.

塞澳尽管闭着眼睛，但是因为镇静不下来，眼皮不停地跳。

随着一种很奇怪的沙沙声，塞澳开始神志飘渺。水声不知道从什么地方传出来，好像有山泉擦耳边而过，然后又飘来鼓声。

鼓声很深，从远处地下冒出来似的，惹得群山呼应。

我不过是躺在自己的公寓家里，但为什么周围的声音使我如置荒野？我到底是身在何处？塞澳非常想睁开眼睛看看，但是眼睛怎么也睁不开，隐约记得是音音请来的一位中国医师，在一定距离外冲着他指点了几下，他就马上睁不开眼了，然后听到了沙沙的声音。他的身体像是渐渐陷入一个巨大的气球里，动弹不得，但是听觉变得格外敏感，各色声音开始在周围环绕，把他从一个幻境领向另一个幻境。

又是一声低沉的鼓声，随后有中国箫在头顶上空高高的地方轻轻吹出一句清气缭绕的调子。一会儿，箫声变成了鹰的翱翔，很高很高，盘旋着不去。

鼓声渐渐多起来，越来越整齐地在低音频率上敲击，鼓手在拍打鼓皮上不同的位置，使鼓声变化起伏。鼓心的声音沉重空洞，深不可测，隆隆一片犹如从地下升起的浓雾笼罩了塞澳的脑海。他眼前出现一片黑压压的海水，和海上飘过的浓云，黑浪卷动，很像一幅不安的图画。思维是完全没有头绪的，一片片画面不停地闪过，没有任何原因，也不知道后果。身体如同一条动荡的船，穿行于各种景象，灵魂在身体上空飞跑或疾走，辨认不出地点，没有同伴，没有目的。塞澳看着脑海中一片片的荒原和大海，问自己：为什么我在这儿？这是什么地方？下一站是什么地方？往前走会看见什么？我现在是谁？再走，再走，总找不到一个落脚之处，只是昏然的一片山水。

鼓声隆隆，开始有高有低，塞澳虽然脑子发沉但是听觉更加明确，他们现在是在敲击不同的鼓。有非洲鼓，有亚洲鼓，但是没有军鼓。想起军鼓，他突然想笑，因为想到他听了军鼓声会马上站起来跑步，但是笑不起来，脸好像也麻木了，身体变得更加沉重，那一大团气体越来越紧地笼罩着，好像把他全身所有能移动的肌肉都凝住了。他思忖：我不会就这么死了吧？他觉得窒息，但又好像是沉到了海底，变成了一个巨大的海底动物，在睁大眼睛看着周围黑黑的一片。他知道自己的眼皮其实早就合上了，现在所有的景象都是在用脑门里的那双内眼在看。在脑门的内眼前有另外的一个世界，在这个世界里，景色变化多端。当他看到自己沉入到深海底，就看到各种游来游去的深海鱼，看到海草浮动，最后这些海草似乎都长在了他的眼睛里，在合着眼皮的眼球上左右摇摆着。气体的分量更加沉重，他觉得自己的呼吸好像已经完全停止了，身体动弹不得，如同死人。鼓声越发低沉，然后声音变得朦胧，成了一片混响，在渐渐地离他远去。

塞澳希望音音此时能守在自己的身边，万一这真是死亡的前兆，至少这一生的最后一刻还不太孤独。但是他听不到音音的呼吸声，再仔细听，连他自己的呼吸声也听不到了。

我是要睡着，还是在死去？如果睡着了，会不会在梦里死去？我还能醒吗？醒后会是哪天？醒后还能舞蹈吗？身体会变化吗？思维会变化吗？我还是我吗？如果就此死了，那还有什么可担心的呢？唯一要担心的是，死后的灵魂是从头上飞出去还是从屁股下面飞出去？无论它怎么脱离身体，最后总是要从高空往下看，才能看到自己的尸体吧？我这一生的结局是不是很可笑？让一场自以为很严重的爱情给吓病了，让一群冒牌的巫医把我给治死了。搞音乐的人总以为声音是无所不能的，对外人来说这非常荒谬。击鼓能让人睡觉吗？能给人安神吗？击鼓要是能安眠，人发明安眠药干吗？如果连安眠药都不能让我睡过去，击鼓又怎么可能让我镇定下来？也许鼓声的作用是，把我的神经给震麻木了，把我的思维从脑袋里给震出去了，最后就把我的灵魂给震出体外了，所以部落人用鼓声招魂，

音乐家们相信声音。音音用鼓声把我灵魂中的情结给震散了，现在
我关心的只是睡和死的区别。最好还是睡，而不要死，即便这个
身体没有了情欲，毕竟还是美丽的，别早早就甩了它，放弃了我
这一生受到的命运恩赐。但是万一我还是不能入睡呢？像个植物
人一样躺在这里，旁人看起来觉得我就是活尸，我却被千万个思
绪折磨着。可能植物人和我此刻的体验是一样的，两个并行存在
的世界被麻木的身体分隔开，同时换着画面。比如外面的世界鼓
声轰鸣，而身体里面的世界却寂静如海底！已经过了多长时间了？
现在我对于身外的世界变化没有任何反应能力了，尽管脑子还在
动，耳朵还在听，但是连手指都懒得抬一下来表示我的意见了，
他们好像都走了，音音也不在了，四周非常寂静，可是我还没睡
着呢。

然后他听到那个奇怪的沙沙声。沙沙，沙沙。

之后，真静下来了。

突然，塞澳听见自己右耳朵里有个细小的声音开始鸣响，随后
那个声音从耳膜里向外面移动，迅速飞出了耳朵，在他耳边徘徊着
响了一阵，然后飞远了、更远了，好像是一个长了翅膀吹着口哨的
小精灵，离开了他的身体。

他脑子里嗡了一下马上就睡死过去。

216

2.

　　《生命树》的演出成了当天纽约艺术家们的话题，因为所有曾参与为塞澳催眠的音乐家都自愿参加了演出，他们还叫来了他们的朋友们，朋友们又叫来了朋友们的朋友们。于是这个演出就成了一次大聚会，不用发请柬，也不用付演出费，台上台下都是参演者。观众们听说这个项目已经从音乐舞蹈表演变成了催眠仪式，又变成了一个生命庆典，就蜂拥而至，演出还没开始，观众的热情已经足够上街游行了。本来这个节目是个在小剧场的演出，但自愿来的音乐家太多了，自愿来的舞蹈家更是不少，剧场不得不让大部分演员在台下表演。观众比平时来得多了几倍，场内人满为患，剧场只好把门打开，让后来的观众站在门外听。但是门外的观众也越聚越多，剧场只好把通向街道的门也打开，让再后来的观众可以站在街上听，门票也免了。过路的人看到小剧场有这个场面也都站下来看热闹，结果小街道也被堵得水泄不通。只有在纽约，允许这种狂欢的场面，台上台下，演员和观众都兴奋得不可遏制，最后连主要在台上演出的塞澳和音音，也弃台加入了人群。整个演出的场面使演员和观众分不出界限了，鼓声使全体的观众手舞足蹈，最后众人呼叫着，走出了剧场，走上大街，大街上的人也跟着加入了舞蹈的行列，《生命树》真正成为一种自发的生命仪式。音音穿着白色的薄棉纱长袍混在鼓队里，学着塞澳的舞蹈姿势，塞澳半裸着身体，只在下身缠着白色的棉布，更显出他浑身的肌肉线条和棕色发亮的皮肤。他不停地舞蹈着，再次找回了天人的体力，成为整个仪式的中心。仪式人群渐渐移向街心广场，人越聚越多，到了广场，大家停下来围成圈儿，狂舞不散。音音的情绪被这场面给激发到了极端兴奋的状态，第一次感受到灵魂不受身体束缚，身体也不听灵魂的管教，自己在变成另外的一个人，轻飘飘地、没有任何知觉地舞动着，没有任何理由地兴奋着，正在这种完全不需要酒精或药物来辅助的最高境界，突然，她看到了一个熟悉的面孔，是艾德！这是否是《生命树》创造出来的另外一个奇迹？不顾推理了，音音飞快地扑向了艾德。

3.

　　荆绶临死前没来得及关上他那密码复杂的电脑，所以他的稿子在没有密码的情况下很容易地就被婵拿到手了。婵把稿子寄给了一个可以自己花钱出版的出版社，出版社很快就把书印出来了。

　　首印二百册，婵自己买下了一百册，这是有真正出版号的印刷品。

　　婵现在每天花很多的时间把传记一页一页撕开，用手做成一个纸的传记"地毯"铺在地上。她要让每个来访的人都可以看到传记的每一页，所以要撕开两本书，才能让反正面的所有页数都冲上，铺在沙发前面，坐在那儿喝茶的客人眼睛一低就非看见它们不可。

　　她边撕边剪贴，一种对自己命运壮烈悲哀的情绪油然而生。

　　她一生值得忧伤，没有过任何家庭温暖，尽管从小天生丽质，但直到结婚后，才能把生活方式安排得如童年时幻想的那般神秘和高贵，才能任意买下所有想得到的感情和物质。

　　看，这是美丽母亲的照片。母亲从来没有在照片上张嘴大笑过，神秘的眼神，冷酷的表情，不愿对命运苟同。

　　婵没见过母亲本人，这个美丽的女人不甘心当小职员太太，在生下婵之后就把自己再嫁出去了。她现在住在美国南方海边，但是婵从没有过去看她的愿望。在婵继承了丈夫遗产和歌唱小有名气后，母亲曾经要求见婵，婵拒绝了。现在要这个母亲，似乎没什么意义，她已经让自己的神经适应了一种新的环境，她的感情有独到的方式，不存在任何酸情，酸话都是假的，把自己的情感冻结到很深的角落里，蔑视激情，更不会伤感，她如果用很天真的口气和人对话，那不过是她给自己训练出来的风格。她绝对不会让人感到她内心真正的悲哀和冷漠。

　　传记中有婵的亡夫年轻时代巨大的照片，而和婵曾经朝夕相处的丈夫和照片里的那个年轻人完全没有什么关系，生活早就把老丈夫年轻时代的所有风流全部提前预支了，婵得到的是一个坐在一堆钱上的男人躯壳，是婵的存在使那个男人再次存在。

　　婵看着亡夫的照片，想到的是她生活中出现过的所有男人。她需要性爱吗？不需要。性爱使她困惑。那种身体上的享受，使她忘记了真实生活中所有需要的装饰。你不再是别人眼中看到的那个特别的人，你不再真正贵重，所有穿在你身上的那些标志着物质雄厚的象征都被拿走了。你有一身和别人一样的皮，苍白地裸露着，你呻吟，和别人一样，你半睁半闭着眼睛，热气从胸腹深处冒出来，欲望蒸腾，也和别人一样。欲望带着你到了一个不可探知的境界，在那个境界，所有的历史和未来都是不存在的，只有要去捉住某些最蒸腾的瞬间，那些无可奈何的快乐瞬间，那些和所有人都一样的、不需要任何物质点缀的、不需要文化和地位点缀的瞬间，那些完全没有隐瞒没有私心的瞬间，那些最可怕的高潮，当全身的神经都被情欲振动到极度，它们突然爆发，共同振动，让所有的汗毛孔瞬间全部同时张开，不可遏制的兴奋涌上头顶，漫及全身，一次，两次，再次，控制着人的扭动，挑动着人的疯狂，她不再是神秘的影子，不再象征死亡，而是活生生一个要求抚摸的女人，这是可怕的勾引，这是深渊，这是骗局，是身体给自己设下的圈套，它逼着你投降给欲望和爱情，逼着你显露原形，逼着你在高潮之后重新建立那个华贵的幽灵形象。

不要，不，不不不，她恨情欲。她不需要任何真实暴露自己的方法，因为上帝处处都显示了对她的不公。当她暴露，她马上就会受到伤害。

她看着自己美丽的照片：这些都是无可挑剔的舞台剧照，但是没有一张可以显示出我和音乐的关系。即便我可以使所有的音符都改变磁场，但这在照片上是看不出来的。即便我的咒语百发百中，那些肤浅的音乐家仍旧会攻击我的音乐技术。

那些所谓真正的音乐家，随便地卖弄才能，肆意地挥霍音响，让不谐和的音乐充斥了世界，作为他们感情爆发的出口，而普通女孩子的真实性情只能掩藏在平静的情绪里。我相信自己比那些音乐家更敏感，更具有艺术气质，只不过我没有更多的方法来诉说，这是世上大多数人的处境，我们由于沉默而深深地伤害着自己。我们每天受到自己和外界的伤害，每天受到灵魂挣扎的惩罚，但是我们没有机会，没有受到教育来找到最合适的方法来发泄我们心中真正所想。

我最喜欢这张年轻时代的黑白照，只有半边脸在光线下，剩下的半边脸完全是黑的，所有的细节都被粗暴的曝光技术给毁了。

有谁的内心是真正平衡的？难道世界上只有我永远不满足？难道自由发泄情感的权利只有像音音那样的演奏家？如果命运没有给我提供足够的才能来自由发泄情感，难道我还不能自由地运用我的诅咒才能吗？

这个世界的享受并不属于所有人，但另外世界的能量是属于所有人的。如果音乐家艺术家能够在两个世界之间调动能量拯救自己，我就能调动意念来打破人们平静的心灵。我的所作所为都是出于善意的，让世间知道羸弱女子的能量。

使我胸中郁闷的原因，正是因为世上存在那些自由发泄的人。

每个人都有很高的追求，为什么有些人很容易实现愿望，而像我这样的人要费这么大的力气才能实现一点儿理想？是我要得多吗？

我要得不多，我的眼神从小到大没有变化过。我受了多少苦，才得到了所有从小向往的东西。由于这个追求的过程不易，我才会给自己定下非常严格的要求。终于有了，丈夫留下的钱，黛安帮我建立的名，艾德写的专业评论，荆绶写的历史记载，让男人女人都认为我是一个谜，每秒钟都让人们感受到我的特殊存在。

书一张一张撕下来，铺好，我的人生在我的眼前天天重演着。即便如此，为什么我还是觉得压抑？更加觉得压抑？

也许就是"自由"二字使我压抑。只要有这两个字的存在，就是对我人生的否认。我没有办法自由。我怕热情，我怕裸露，我怕疯狂，我怕失去。

如果不是被艾德蔑视，我不会对自由创作的艺术家们有这么强烈的仇恨。音音和艾德以为我不知道他们对我的看法，以为我是个傻瓜，以为我仅仅是要利用艾德，他们不知道我从艾德对我的态度中受到过多大的伤害！他们以为我真正在意的只有那篇评论文章吗？在和那个男人亲密交谈和做爱之后，马上得到了蔑视！他看到了我的真实，然后否认了我。我坚持对音音说艾德爱我，其实是说给自己听的，我不想继续伤害自己，所以就用装傻来欺骗自己，也用装傻来伤害音音。有谁能知道我一生受到的伤害有多大？所有我想要的几乎都要用我的身体交换。艾德是我真正动心的、平等的关系，但他最蔑视我。我能不诅咒命运吗？我能不诅咒周围试图伤害我的人吗？我的诅咒融会了所有我的才能，我的敏感，我的欲望，我的追求，我能调动这世界上所有利于我的磁场来使我的诅咒成功，我相信诅咒比智慧要有力量，因为智慧的人是不设防的，那些所谓自以为是智慧的人，其实最后都会被诅咒制服和镇压。我将把所有我表现出来的音乐都变成诅咒，我将把我一生的能量都放在诅咒上，我要看看到底是你们的才能胜于我，还是我的诅咒胜于你们。

她觉得心中一阵绞痛，但脑子却格外清楚。

4.

音音和艾德如同两个初恋情人，在街心广场见面之后，两人关在家里十天没出门。

最后一天，他们决定登记结婚。

艾德和音音的婚礼在曼哈顿市政厅结婚办事处举行。证婚人是个不认识的街头音乐家，艾德给了他二百美元，买他一下午的时间，还送他一身西装。一大堆人坐在婚礼仪式室外面等着叫号，好像在医院里等着就诊似的。音音和艾德本来已经紧张得发抖，证婚人坐在那里不停地用练习指法来消磨时间更让他们看着紧张。艾德等待这个结婚的瞬间已经多年了，他知道，最适合自己的伴侣，他一生最爱的人就是音音。但是不知为什么，现在，这个瞬间马上就要发生了，他的头发蒙。

迷恋，如何继续迷恋？当迷恋的对象成了老婆，如何每一天都能看到迷恋对象的精彩？不可能！根本不可能！除非音音不是人。哪怕是物质，每天把玩之后，看完这个物件的所有边角，还有什么要看的？当然，还有体验那物件永远不可消除的能量。音音的能量每天都在变化中，这是为什么艾德不担心会对她厌倦。但是这每天变化的能量，一旦非常肯定将要在自己的生活中变成固定的振动频率，自己还能像以前那样去耐心听那每天杀害自己神经细胞的乱糟糟的即兴钢琴声吗？音音的音乐由于火气太大，动听的旋律往往一闪而过，还没来得及让人感动马上就用一片躁动不安的音乐给盖上了。这是她的智慧，但是整天坐在那里听她练习这种智慧的传达方式，并不见得是享受。即便每天耳边时刻都在响起最最智慧的哲学宣讲，那些智慧也就变成了一种侵略，自我将不存在。

艾德拉过音音的手，想通过感觉她的存在来确认自己对她的感情。

音音转过头看着他：对不起，所有的一团糟都是我的错。

艾德：别这么说，也都是我的错。我不太明白你想要的。

音音：我自己也不明白。

艾德：我现在觉得明白了。

音音：明白什么了？

艾德：普通生活对于你来说就是自杀。

音音：我自己也不太明白，可能是想得太多了，又不知道生活是怎么回事。我想要的是永远兴奋，永远像用药了一样。可能这是音乐家的问题。比如你看他。

音音用眼睛示意那个街头音乐家，他旁若无人地凭空练习着萨克斯管的指法，你能看出他脑子里在想像这些声音，面部表情好像一个精神病人。

艾德：这也就是我们之间的问题，我给不了你这么多的兴奋。

音音：不对，我们的性爱就像是吃了药似的，这也是我老想要的。

艾德：但是我们不可能老在干呀。

音音：除了我的音乐，你能想想我们用什么方法老是在兴奋中吗？

艾德：我想不到。你的音乐使你兴奋，但我不能老停留在你的音乐兴奋里，我只有看书写书的时候才兴奋。

音音：我知道。但是我们得想个办法，否则我们又回到从前，会再厌倦。

艾德：这不是我的问题。我的爱，是你要学习怎么在令人厌倦的普通生活中过下去。

音音：永远不会的，我永远不会的。宝贝儿，我要让我们的关系永远不会厌倦。

艾德：我的最——亲爱的爱！

艾德的口气开始讥讽：这就是我们的问题，我做不到让你完全不厌倦。我必须要有我自己的生活方式，我自己的生活方式就是思想。我的工作和你的工作完全是相反的，我的工作要求绝对的平静，但是这么多年来，我一直在忍受你的噪音。你能想像这对于我来说等于是自杀吗？

音音：啊？我完全没有想到过！闹了半天我是在杀你？！要是你觉得我是在杀你，为什么你要忍受我？为什么你早不告诉我？

艾德：所以我要买一所大点儿的房子来解决这个问题，但是你觉得我俗！你不愿意考虑这种事情，可是你占据了我所有的空间，让我不得安静，我什么都没说，你倒是先烦了。

音音：我已经说了对不起，但是没想到你买房子是因为你受不了我的音乐。那你和我在一起的时候，觉得我太闹吗？太没思想吗？

艾德：我爱你，你知道。我只不过要比你考虑得周到一些。

音音：其实你也是在谋杀我呀。你自己觉得是在照顾我，你不知道你这种照顾我的方法不是我要的，我是要你和我一起兴奋，但是你只想照顾我，别的女人可能需要一个男人的照顾，但是对于我来说，你的照顾等于是对我的谋杀。

艾德：什么？！

正在这个时候，婚礼仪式室里走出来一个人，叫着他俩的名字。

他们互相看了一眼，走进那个结婚宣誓的小房间。

"不论穷富……一生相依……"他们跟着婚礼主持人念。

然后，两个人很感动地拉着手走出婚礼仪式室，非常感动地感谢街头音乐家当证婚人。

刚走出市政厅结婚办事处门口，就有街头照相者过来要给他们照合影。合影完毕，马上就能得到照片。照片上是一对完美夫妻。

两个人手拉着手，决定散散步，接着聊天儿。

音音的头非常幸福地靠在艾德的肩上：刚才说到什么？你看我们在一起多好，没有任何人比我们更好了。我现在感觉特别好。

艾德：我一直都是这么说的，你今天刚说。

音音：不是，你总是说话和做事让我吃惊。比如你刚才说什么？我用音乐谋杀你？那真是最荒唐的话！

音音的头开始抬起来。

艾德：我们最后说到的是，你说我的照顾是对你的谋杀。我不想继续说这个荒谬的话题了，现在多好，我不和你争了。

艾德亲了亲音音的手。

音音：噢，我给忘了，不行，你既然说了我是在谋杀你，我也得告诉你，你更是在谋杀我。你必须知道，谋杀不是一个人的事情，是两个人的事情。你是在用普通的生活方式谋杀我。

艾德：又要说到这个，我说最好不说了。

音音的头又靠回在艾德的肩上：求求你，我们改变一种生活方式吧，我们这两个聪明的人，总是可以让生活更加兴奋的，而不是永远一个人在练琴，另一个人在写书，一个人想兴奋，另一个人想稳定安静吧？一个人永远看着虚空，另一个人永远看着收藏。

艾德：没有办法，我是这样长大的，我的眼睛里总是有很实际的形象，所以我可以写出那些谋杀小说来。你让我干什么？跟着塞澳去跳舞？

音音：那我也没有办法跟着你去收藏那些谋杀故事中需要的工具。

音音的头又从艾德的肩膀上离开了。

艾德：我没有要求你去跟着我收藏，是你在要求我去跟着你跳舞。

音音：算了算了，看来我们根本没法达成任何协议。我们已经结婚了，今天是结婚的第一天，好像这一辈子我们都不会达成协议。

艾德：我也觉得是。我想把我所有的爱都给你，但是你永远不会满足。我不是你，也不是塞澳，也不是任何你想把我变成的那个人，我就是我，一个非常爱你的男人。

音音：但是以前发生过的事情还会发生吗？你的不停地追求迷恋？

艾德：我并不想叫我的迷恋癖发生，是你逼着我去迷恋除了你之外的女人。你知道如果你要求我去干什么，我就去，我也不是一个没有魅力没有本事的男人。你要是想接着去满足你的迷恋幻想，我也会。

音音：那我们这叫什么夫妻？刚刚宣过誓。我不过是想要求你改变一下，没说马上让你接着再去显示你的男性魅力。

艾德：我为什么要改变？音音。我本来是完全一心都在你的身上，是你逼着我改变，才会有那一切荒唐的事情。你要求我改变，等于是想和你自己结婚。

音音突然不再说话了。渐渐地，两个人拉着的手也分开了。

两个人沉默着走了很久，一辆出租车过来，音音招手叫车停下，上了车，艾德也跟着上了车，一路无话。

到了家，还是无话。

一个坐在钢琴旁，一个坐在书桌前，沉默，直到天黑了下来。

两个人偶尔同时抬起头，对视了一会儿，突然对笑起来。

艾德：我明白了，你追求的不是完美，是残缺美。

音音：你太聪明了，永远最快理解我。完美平静的生活，对我来说就是自杀。你说我是在用噪音杀你，但是大多数人追求的那种谐和完美的家庭生活，能杀死人对复杂事物的辨别力，让人变成白痴。

艾德：其实不用担心，我们的关系早已经残缺了，我们完全可以在这个残缺的关系上建立一种残缺美。

音音笑：为你所有的小说中人物找到充足的谋杀理由。

艾德大笑：我小说里的凶手从来不杀承认残缺美的人，杀的都是假装完美的。

音音：那我想好了，怎么能让我们今后的生活更富于刺激而不流俗套。

艾德：怎么样？

音音：我们搬到最偏僻的乡下去住。

艾德：不不不，那才是俗套，所有城市的人都以为去了乡下就能摆脱自身的俗套，用大自然的美丽来装饰自身无聊的城市人心灵，下次我的小说人物杀的就是这种人，哈哈。我还有一个更好的办法让我们的生活保持兴奋，我们可以分开住，隔着一条街，怎么样？

音音：?!

艾德：你还可以住在这里，我搬出去住在另外一条街上，我们不想在一起的时候就可以独处，在一起的时候还可以像以前约会那么兴奋。你看这怎么样？或者我们可以用买一套大房子的钱买两套小房子，一人一套？

音音：你怎么还想着买房子的事？这么长时间里你的最好的主意就是咱俩各自租自己的房子，见面还是像约会！

正在这个时候，电话铃响了。

艾德去接电话，一会儿，他挂上电话，回到音音身边，表情沮丧。

音音：谁来的？

艾德：是婵。

音音：她要干什么？

艾德：你不是嫌咱们现在太完美了吗？这下完美彻底没了，连残缺美都算不上了。

音音：什么？

艾德：婵说她可能怀了我的孩子。

音音：什么?!这怎么可能？你这个笨蛋，难道没有采取任何措施？

艾德：我采取了措施!!我没有那么笨!!!

音音：那她怎么可能赖你?!

艾德：她说她只有两个选择，可能是荆绶，可能是我。但是只有等孩子生下来做了化验才能证实是谁的，这样我们就得等十个月了。

音音：等十个月？我们刚结婚！要等她生孩子?!

音音开始神经质地用细长手指敲打自己的脑门和脸：……要是今天咱们没结婚呢，我还能假装这事跟我没什么关系，或者你也不用告诉我、她也不会在这个时候来电话，在今天以前咱们三个人都是独立的，尽管我是你的女朋友。但现在，我是你老婆了，我也不知道现在我是该说话呢还是该住嘴？马上走还是假装大度？祝贺或安慰你，都能吓你一跳。看来玩儿爱情游戏，把咱俩都玩儿进去了。谁都会说爱情"崇高复杂"这种词儿，但怎么能不让现实改变我们的天性？我可不想因为婚姻的现实把自己变成那种随时要顶人的母牛或者外表逆来顺受心里恶气冲天的怨妇，婚姻本来是一潭美丽的湖水，但是闹不好，就是一片沼气笼罩，一池大粪垫底，世界上最大的污染资源……

艾德看着音音不说话，音音打住。

一夜冰凉。

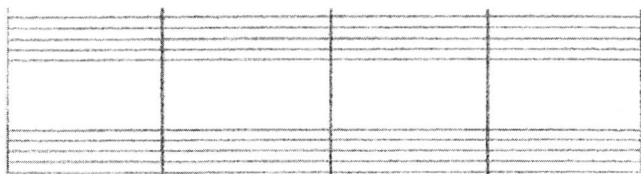

迷恋·咒

LOST IN
FASCINATION

End

尾　声

古老的诅咒秘诀：你的目标如果没被击中……

婵把窗帘关紧，独自坐在大鼎前，冲着鼎里说话，似乎里面有个人：其实我并没怀孕，编个谎话算是给这对傲慢的人一个结婚纪念物！还是我聪明吧？他们以为对人可以轻易地爱和厌倦，可以居高临下地享受他们之间的特殊理解和爱情，这下他们的爱情彻底完蛋了。我知道他们对我不屑一顾，这个礼物只能使他们加倍恶心他们自己的过失。他们会恶心这个共同的历史，后悔结交了一个如此低下的朋友，惭愧他们居然对我这个低级的人共同产生过愚蠢的爱意。他们的傲慢决定了先考虑他俩之间的关系，而不是我孩子的死活，也更懒得去调查和证实我是否是在撒谎。这两个清高的笨蛋宁可面对他们之间伟大爱情的死亡，也不会低下头来去调查我的谎言。出于对我的蔑视，他们会更加蔑视这个可能存在的现实，如果音音不愿意承担我和艾德之间的孩子，艾德也绝对不会让她来面对这个孩子，于是他们会认为离婚是最潇洒干净的选择，由艾德一个人来承担后果是他对音音的最大献身。我真盼着看到他们离婚之后，又发现我其实没怀孕的表情！这两个自以为是的傻瓜，为了表示共同的傲慢会先去破坏他们自己的婚姻，也不愿看见一丝我在他们情感生活中的痕迹。这只能说明我的魅力！让他们坠落吧，那些高雅的教养可能是他们一生安全的庇护所，但殊不知被他们忽视的人，是可以用仇恨聚集起巨大诅咒能量的，把他们拥有的得意转化为射向他们自己的毒箭。

大鼎里传来一个老人的笑声：你永远是我的爱妻，一个真正用恋情谋杀的高手。作家又算什么？

但是几天后，婵走出门，看到远处街上，有两个人的背影看上去很像是音音和艾德，勾肩搭背地闲逛着，如同初恋的情人，又如同两个魔影。

初稿，2010年7月10日于北京。

二稿，2010年9月8日于北京。

定稿，2010年11月11日于美国。

图书在版编目（CIP）数据

迷恋·咒/刘索拉著. —北京：作家出版社，2011.1
ISBN 978 – 7 – 5063 – 5713 – 5

Ⅰ.①迷 … Ⅱ.①刘…Ⅲ.①长篇小说 – 中国 – 当代
Ⅳ.①I247.5

中国版本图书馆 CIP 数据核字（2010）第 247203 号

书中所有插图及内封图均由刘索拉绘制并提供，
未经授权，不得使用。

迷恋·咒

作　　　者：刘索拉
责任编辑：汉睿　朱燕
装帧设计：任凌云
出版发行：作家出版社
社址：北京农展馆南里 10 号　　　　邮码：100125
电话传真：86 – 10 – 65930756（出版发行部）
　　　　　　86 – 10 – 65004079（总编室）
　　　　　　86 – 10 – 65015116（邮购部）
E – mail：zuojia@zuojia.net.cn
http://www.zuojia.net.cn
印刷：北京明月印务有限责任公司
成品尺寸：142×210
字数：120 千
印张：7.625
印数：001 – 20000
版次：2011 年 1 月第 1 版
印次：2011 年 1 月第 1 次印刷
ISBN　978 – 7 – 5063 – 5713 – 5
定价：28.00 元

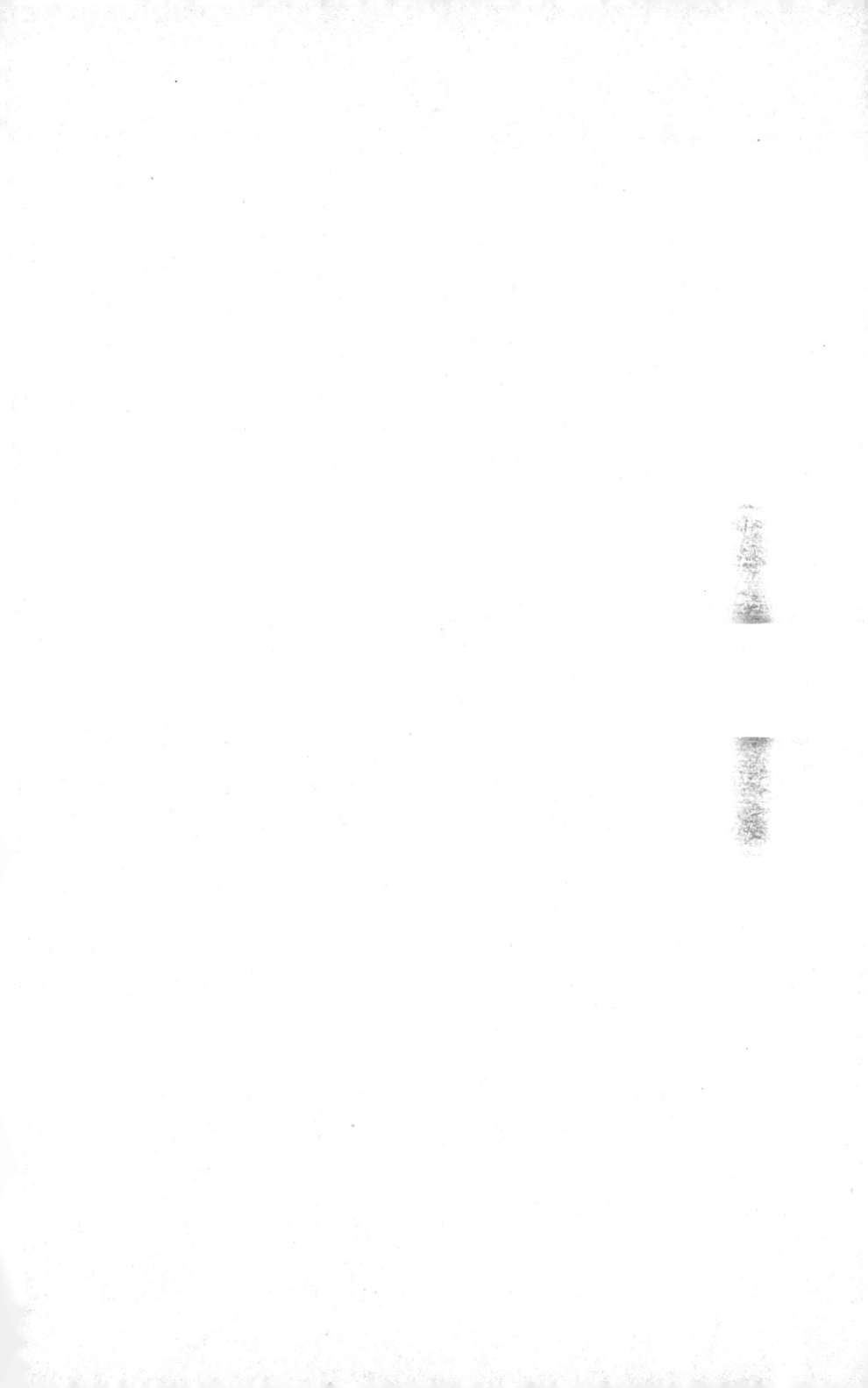